华文微经典

中国微型小说学会
世界华文微型小说研究会
主持

冰
凌
——

蓝色梦幻

四川出版集团 ❧ 四川文艺出版社

图书在版编目（ＣＩＰ）数据

蓝色梦幻／（美）冰凌著．-- 成都：四川文艺出版社，2013.2

（华文微经典）

ISBN 978-7-5411-3664-1

Ⅰ．①蓝… Ⅱ．①冰… Ⅲ．①小小说－小说集－中国
－当代 Ⅳ．① I247.8

中国版本图书馆 CIP 数据核字（2013）第 031609 号

华文微经典
HUAWEN WEI JINGDIAN

[世界华文微型小说经典]

蓝色梦幻
LAN SE MENG HUAN

[美国] 冰凌 著

选题策划	时上悦读	
责任编辑	王 冉	
封面设计	所以设计馆	

出版发行　四川出版集团　四川文艺出版社

社　　址　四川省成都市槐树街 2 号

网　　址　www.scwys.com

电　　话　028-86259285（发行部）　　028-86259303（编辑部）

传　　真　028-86259306

读者服务　028-86259293

印　　刷　北京山华苑印刷有限责任公司

开　　本　650mm×920mm　1/16

印　　张　13

字　　数　120 千

版　　次　2013 年 4 月第一版

印　　次　2014 年 1 月第二次印刷

书　　号　ISBN 978-7-5411-3664-1

定　　价　35.00 元

华文微经典

作者简介

冰凌，本名姜卫民，旅美幽默小说家，清华大学客座教授。1956年生于上海，祖籍江苏海门。毕业于复旦大学新闻学院，1994年旅居美国。现任全美中国作家联谊会会长、美国诺贝尔文学奖中国作家提名委员会共同主席、纽约商务传媒集团董事长、纽约商务出版社总编辑、国际作家书局总编辑、美欧国际策划中心首席策划、香港《华人》月刊总编辑等职。1972年开始小说创作，至今发表小说、散文、报告文学和新闻作品达八百多万字。出版有《嘻嘻哈哈——冰凌精品幽默小说选》（中国海峡文艺出版社）、《冰凌自选集》（中国作家出版社）、《冰凌幽默小说选》（美国强磊出版社）、《冰凌幽默艺术论》（美国纽约商务出版社）等。

前言

　　有人曾说，地不分东西南北，凡有人类生活的地方，就有华人的身影。话虽有玩笑的成分，但当前华人遍布世界各地，却也是不争的事实。扎根世界各地的炎黄子孙，他们的生活状况如何？他们的情感世界怎样？他们的所思所想何在？……要找到这些答案，阅读他们以母语写下的文字无疑是最好的方法之一。诚然，并不是有华人的地方就有华文创作，但在一些主要的国家和地区，华文创作几十上百年来一直薪火相传所结出的果实，显然也是令人瞩目的。遗憾的是，因为多种原因，国内的读者多年来对海外的华文创作了解甚少。尤其对广布世界各地的华文微型小说这一重要且具代表性的文体，更只是偶窥一斑而不见全貌。"华文微经典"丛书的出版，可谓弥补了这一缺憾。

　　海外的华文微型小说创作，主要分为东南亚和美澳日欧两大板块。两大板块中，又以东南亚的创作最为积极活跃，成果也更为突出。东南亚华文微型小说创作兴起于二十世纪八十年代初，各国在时间上又略有先后。最早开始有意识地从事微型小说的创作，并且有意识地对这一新文体进行探索、总结和研究，而且创作数量喜人、作品质量达到了一定艺术高度的，是新加坡和马来西亚；稍后于新加坡和马来西亚的是泰国，再后是菲律宾和文莱，再后是印度尼西亚。在发展过程中，各国的创作曾一度因具体的历史原因而存在较大的差距，但这一状况在近十年来正日益得到改善。

美澳日欧板块则因创作者相对分散，在力量的聚集上略逊于东南亚板块。不过网络的发展正在弥补这一缺憾，例如新移民作家利用网络平台对散居各地的创作进行整合，就已显现出聚合的成效。

新移民的创作是海外华文微型小说创作中近十多年来涌现出的一股新力量。尤其是近年来随着作家对当地文化和生活的日渐融入，其创作已日渐呈现出新视野，题材表现也开始渐渐与大陆生活经验拉开了距离，具有了海外写作的特质。

以上是对海外华文微型小说发展的一个简单梳理，而"华文微经典"丛书的出版，正是对这一梳理的具体呈现（为避免有遗珠之憾，丛书也将有别于中国内地写作的港澳地区的华文微型小说写作归入其中）。通过系统、全面、集中的出版，读者不仅可以得见世界范围内华文微型小说创作风姿多样的全貌，更可从中了解世界各地华人的文化与生活状况，感受他们浓郁的文化乡愁，体察他们坚实的社会良知，深入他们博大的人文关怀，触摸他们孜孜不懈的艺术追求。书籍的出版是为了文化和文明的传播与传承，我们希望这一套丛书能实现一些文化担当。我们有太长的时间忽略了对他们的关注，现在是校正这种偏差的时候了。这也正是丛书出版的意义和价值之所在吧。

目录

2

人与鼠

　　近来板楼老鼠见多，一到晚上便纷纷出动，东跑西窜，"吱吱"乱叫，令人心惊肉跳。小孟家是闹鼠重地，每当熄灯入睡时，大小老鼠如伞兵，自梁而降。小孟新买的菜橱上的塑料纱被咬得洞痕累累，补了又咬，小孟只好换上铁纱。老鼠咬不动铁纱，改攻橱背的木板，几只硕鼠轮番攻坚，居然咬了个洞，随后入橱夺食。

　　老鼠如此猖獗，激起板楼几十户人家的仇恨，有的买鼠药，有的放板夹，家家展开灭鼠活动。小孟买了一个捉鼠铁丝笼，当晚，将早餐留下的一段油条勾在笼中的铁钩上，扣上机关，然后将铁丝笼放在菜橱旁。次日醒来一看，活活逮住一只硕鼠。小孟一拍手掌，怒目直瞪笼中鼠："你也有今天！我要好好收拾你！"

　　小孟将笼中鼠提到板楼前的空场上示众。板楼的男女老少，几乎倾楼而出，围观声讨，大快人心。小孟从厨房提来半桶水，将笼中鼠浸在水中，过一阵后提起，笼中鼠"吱吱"轻叫两声，抖抖湿毛，若无其事。

有人叫道："老鼠不怕水，怕电。"

小孟从板楼拉出一条电线，绑在竹竿上，接上火线，挑竿将电线头碰在铁丝笼上。顿时，笼中鼠"吱吱"狂叫，上下乱跳。

众人拍手叫道："电死它！电死它！"

小孟收起电线说："不能让它这么痛快地死掉！要慢慢折磨它，让它不得好死。"

众人纷纷献计。板楼东头小王说："大家围个大圆圈，然后在老鼠尾巴上浇上煤油，点上火，放出笼子，让它在场地上转着圈子跑，好看得很！"

众人拍手叫好，自动后退围成大圆圈。小孟回家取来煤油瓶和镊子，用镊子夹住老鼠尾巴，伸进煤油瓶里浸透。然后小王划火柴点燃老鼠尾巴，小孟猛地拉起铁丝笼门。霎时，老鼠拖着火尾巴，窜出铁丝笼，"吱吱"惨叫着，在人圈里狂跑。

众人拍手跺脚，欢呼喊叫。

突然，老鼠如闪电似的冲向人群，人群爆发出一阵惊叫。只见老鼠窜过众人脚缝间，拖着冒烟的火尾巴直直蹿进板楼。

像扔了一串燃烧弹，板楼一处接一处冒起烟火，一会儿便燃起了熊熊大火。

打火机

饭后散步回来，过主任打开电视，往沙发上一坐，顺手抓起茶几上的烟盒，抽出一支烟，然后手伸进右边裤袋掏打火机，一摸索，没有；按了按左边裤袋，也没有；两手又按上衣口袋，都没有。他抓过公文包，翻遍各层，仍没有，便向家人嚷道："哎，打火机呢？你们谁拿啦？"

过妻说："你老糊涂了，自己丢在哪里了，还问人家！"

女儿从厨房拿来火柴，替父亲划火点烟："爸，别急嘛，慢慢想一想，最后一次用打火机是什么时候？会不会随手放在什么地方了？"

过主任摇摇头："不会的，我不糊涂！"

晚上，过主任想起下午上班时，仿佛小贺用过他的打火机。次日上班，一见小贺，他便问："哎，你有没有看到我的打火机？"

小贺说："没有啊。"

过主任说："昨天下午你来借火，点完烟以后，你放哪里啦？别急，你慢慢想想。"

小贺说："放您手上啦，您不是还点烟了吗？"

"噢，对。哎，你们谁，有没有看到？"过主任努力笑道，"这可是我战友送的，有纪念意义的。"

大家面面相觑，互相摇头。

下午，过主任偶翻抽屉里的材料，忽见打火机夹在其中。他扫视一下，见没人注意，急忙抓起打火机，塞进裤袋。下班路过池塘时，他掏出打火机，玩抚一阵，一咬牙，扔进池塘里。

次日，过主任一来上班，小贺便将一个新的打火机放在他的办公桌上："过主任，这是您的打火机。刚才扫地时，我在您办公桌底下捡到的。"

中秋梦圆

　　中秋全家团聚，白梦不得不回家。她一直住在厂里宿舍，害怕回家。她已三十五岁，仍独身未婚，每次回家，父母必问她的婚事，谆谆教导，苦苦敦促，使她不胜其烦。

　　白梦到家，妹妹白云携夫牵子，也随后到家。家人团聚，欢笑一堂。白云搂住姐姐的脖子："怎么样啦？得主动出击啊！傻等那概率特小，现代王子的神箭专瞄外向型、开放型女性。你瞧，我都当妈了，心窝还经常挨箭。"

　　"扫兴！柔柔，走，大姨带你上街玩去。"白梦牵过外甥柔柔，出门上街去了。

　　街上行人熙攘。白梦心烦意乱，牵着柔柔漫步闲逛。

　　一个三十多岁的瘦高个青年迎面走来，擦身之际，不慎将柔柔绊倒。

　　白梦扶起柔柔，对瘦高个大吼："你瞎了眼啦？！"

　　瘦高个怒吼："你才瞎了眼了！"

两人大吵，吵得声嘶力竭。白梦说："月饼撑饱了，有力气吵架了，回去吵啊！跟你老婆去吵啊！"

　　瘦高个说："很抱歉，暂时满足不了你的要求，本人目前还是光棍一条！"

　　白梦一怔，望着瘦高个，一时无言。

　　瘦高个甚感突然，愣站着，不知所措。

　　白梦蹲下身，揉着柔柔的膝盖。

　　瘦高个迟疑一阵，怯声说："嗯，要不要……带你孩子到医院去看一看？"

　　白梦急忙摆手："不不，他不是我的孩子，他是我妹妹的孩子……不过，去医院看看也好……"

　　瘦高个一怔，瞥了白梦一眼，抱起柔柔，向医院走去。

　　白梦紧跟其后……

　　三个月过后，两人成了夫妻。

　　又过了八个月，两人成了父母。

球赛

"嘟——"计时员鸣笛:"还有三分钟。"

于教练拍拍手,召回跑篮的队员,说:"梁健、长春、大头、晓军,还有书城,先上场,位置站好,打配合……"

邢书记手臂一挥:"冲!要冲,敢冲敢拼,把他们冲个稀巴烂!"

万主任摇摇头:"那不行,七车间人个头高,不能硬冲,要看住家。"

蔡副主任说:"盯住人,一个盯一个。"

万主任说:"留两个在家看着。"

邢书记说:"哎,打球的事你们不懂。打球不能怕,冲到前面往铁圈里扔球,就行了。"

上场哨响,于教练挥挥手:"上吧,上吧。"

开场拼抢激烈,你来我往,都未进球。三分钟后,对方队员从漏空处切底传中,跳投进球,首开纪录。

万主任指手喊道，"长春！你看住家！别乱跑！"

"书城！磨蹭什么？！冲啊！往前冲！"邢书记挥拳大喊，"哎呀——球给晓军……扔！晓军！扔球啊！不要，不要扔……给，给梁健……唉！怎么早不给呢？！"

球被对方断去，一个快攻反击，扣篮进球。

"裁判，停！"邢书记大手向下一按，说，"换一个人。老黄，你上！把书城撤下来。记住！要冲！你是党员，又是工段长，有号召力！带领大家伙往前冲！"

"O" 的猜想

何科长盯着报告眉批处的两个圈，久久迷惑不解，便将报告递给任副科长："这……什么意思？"

任副科长一看，说："同意嘛。这是霍局长的习惯，画圈，就表示同意。"

何科长说："这我清楚。我是问，他为什么画两个圈？"

"哎，这我倒没注意。"任副科长说，"是不是霍局长看了两遍，多画个圈强调一下？"

何科长深思片刻，说："为什么要看两遍？会不会是对我们的报告有看法？你看啊，这第一个圈，很随意，显然是随手画的。第二个圈呢，就显得生硬，下笔很慢、很重。这说明，霍局长对报告的看法前后不一致。"

任副科长说："不可能吧？看法不一致，霍局长干吗又画圈同意呢？"

两人猜想一上午，仍然无解。中午回到家，何科长便向儿子请教。

儿子是刑警，精通笔迹学，他用放大镜照看一阵，说："第二个圈有异常运笔迹象，书写者先自上而下画了右半圆，这里有个停顿点，然后再自下而上画了左半圆。"

何科长惊问："右半圆？会不会是要打问号？"

儿子说："难说，只能去问霍局长本人了。"

何科长斥道："这能问吗？领导最讨厌下面的人不能领会他的一举一动。"不过，儿子的话倒提醒了他，下午上班，他便去问霍局长的秘书小聂。

小聂接过报告看了看，笑道："这个圈，是霍局长小孙子画着玩的。"

报 案

理论室发生盗窃案，小岳、老尤、老阮的办公桌抽屉被撬。小岳塞在信封里的七十块钱，老尤夹在辞典里的四十七块五毛钱，老阮藏在垫纸下的十八块钱和三十斤粮票，全被窃贼偷去。

小岳摇头叹道："下半年的烟钱全泡汤了。"

老阮苦笑道："细水积成河，一朝付东流。"

老尤镇定地说："现在不是叹气的时候。我认为，首先要保护现场，其次到保卫科去报案。"

老阮摆手道："罢罢罢，暗藏私房钱毕竟不雅，倘若张扬，岂非授人以笑柄？"

小岳说："这倒是，让人知道了，非得取笑我们不可，特别是那几个姑娘。"

老尤昂首凛然："我无所畏惧。我认为，在家庭生活中，当丈夫和妻子还没有达到足够的坦诚和理解之前，为了巧妙地避免家庭经济纠纷，藏点私房钱不失为过渡时期的良策。"

老阮说："有理。不过，万一贱内获知，那如何是好？"

"就是，"小岳说，"若让我老婆知道，非吵不可。"

老尤一愣："这……哎，我们可以在报案时，郑重地告诉保卫科的有关同志，说这起案件涉及物质和精神两个方面，希望他们给予充分的同情，秘密侦破，做到既破了案，又不声张出去。"

小岳终于觉悟。老阮仍有顾虑。老尤也不强求老阮，领着小岳走向保卫科。

两人刚走到楼梯口，老阮急步赶来："深思再三，还是鼓起勇气，同去报案。这笔钱，毕竟蓄之不易啊！"

"恩重如山"

岳七领着女儿岳妮,风尘仆仆,终于摸到了马腰村宇宙农药厂。一进厂门,他放了三挂鞭炮,然后抖开一面绣有"恩重如山"的锦旗,老泪滚滚地喊道:"厂长在哪?俺要见厂长!"

一个精瘦的中年人慌忙从一座土屋里钻出来:"什么事?什么事?我就是……厂长。"

岳七将锦旗塞进厂长怀里,牵过女儿,"扑通"跪下,昂头长叫一声:"恩人——哎——"

厂长使劲摆手:"这……这……怎么回事?"

岳七从挎包里掏出一个乐果空瓶:"小女……前些日子,为婚姻事,要寻死……那天,自个儿偷偷喝了贵厂的乐果,喝了大半瓶啊……俺一家人都说她死了……哭着要给她办后事,可她没死……一点事也没有……二妮子,你给恩人说说。"

岳妮木然地说:"俺……俺喝了后,觉得肚子有点儿不舒服,心想药性还没发作吧,就躺下等死,不知怎么就睡着了……醒了觉得肚子挺涨,就上了茅房……"

岳七破涕为笑:"嘿嘿,绝透了!那乐果喝了真没事。后来俺倒出瓶底剩的,尝了一口,味儿就跟那叫啥'可乐'的差不离,俺一家人感动得真不知怎么才好。俺父女俩照着这瓶上的地址,赶了三天的火车到这里,当面来谢恩呢。恩人哎!俺给您磕响头。"说完,他"扑通"又跪下,连磕三个响头。

厂长傻住了。

旁边一个青年按了按眼角:"太感人了,我要写篇稿给县广播站。"

讲稿

节前，沙主任叫陶干事写篇形势教育讲稿。陶干事当即跑到图书室，借了一堆报刊抱回家去。节日里，他起早贪黑，伴着娇妻的唠叨，写完讲稿。节后上班，他打着哈欠，将抄好的讲稿交给沙主任。

"这么快？"沙主任翻翻讲稿，戴上眼镜，端坐着将讲稿读了一遍，摘下眼镜说："陶干事，这稿子好像写得很乱啊，是初稿吧？"

陶干事点了点头。

"这就对了。"沙主任站起来，"好好改改。"

陶干事改了两天，将第二稿交给沙主任。

沙主任过目后，说："啧，总觉得缺少点东西……另外，文字也要改改。"

陶干事马不停蹄，又改了两天。

沙主任读完第三稿，沉思良久，说："陶干事啊，还是没改到点子上啊。看来，要下工夫改啊，一般性的小改动还解决不了问题呢。"

陶干事迷迷糊糊回到家，倒到床上狠睡了一夜。次日，他又翻了一遍报刊，然后另铺新纸，写了第四稿。

"哎，怎么？改得全变样了？"沙主任拍拍讲稿，说，"这改得……还不如上一稿呢。"

第五稿、第六稿、第七稿，沙主任都不满意，还叫修改。陶干事力穷气尽，不知如何再改，便赌气地翻出初稿，抄了一遍，送交沙主任。

沙主任看罢，郑重地点点头："嗯，不错，这次改得不错。文章啊，不怕改，越改越清楚，越改越好！"

"特异功能"

盘小兵升任主任后，依然那么质朴，见人主动招呼，说说笑笑，全无官样。一上班便扫地、擦桌、打开水，一如既往。大家夸他是"当代焦裕禄"，仍跟"乡亲们"一样。

不过，这几天里，每有空闲，盘小兵便伏案挥写，稿纸写满了，撕揉一团，塞进裤袋里。一有人近，他便急忙遮掩，显得很神秘。

这天，盘小兵伏案又写，大家围上前欲看，他急忙收起稿纸，放在身后，咧嘴憨笑。

辛玛丽说："写情书啊？这么保密。"

盘小兵满脸露红："不是不是，随便写写，练练字。"

大家说："练什么字？给'乡亲们'看看。"

盘小兵满脸涨红："嘿嘿，没什么，没什么……"

于是，大家七嘴八舌乱猜："四海翻腾云水怒……"

"亲爱的……"

"领导，冒号……"

盘小兵皆摇头否定。

这时，老主任推门而进："哟，这么热闹，干吗呢？"

"小兵练字，'乡亲们'猜呢。"辛玛丽拖住老主任，"来，老主任猜猜。"

老主任直视新任，沉吟片刻，扳着手指说："跑不了这几个字，同意啦，研究啦，阅啦，还有……盘小兵。"

盘小兵猛惊，双手一松，稿纸滑落在地。

大家捡起稿纸一看，果然满纸"同意、研究、已阅、盘小兵"，不禁大呼："老主任有特异功能！"

老戈

电车驶进城北终点站。老戈提着台灯走下车，碰到邻居老吕。老吕指着台灯问："哪买的？"

老戈说："东方商场二楼灯具柜。"

"哟，跑城南去啦？"

"是啊。去年就计划买台灯，一直没买到合适的，今天总算买到了。你看，这台灯性能不错，能调光的……"

老吕又问："多少钱？"

老戈说："十九块四毛。哎？给她二十块，她还没有找钱给我啊。"说罢，他转身爬上开往城南的电车，摸出四角钱递给售票员："同志，买一张到城南终点站的车票。"

车到城南，老戈急忙下车，赶到东方商场灯具柜，对售货员说："同志，两个小时前，我在这里向你买了这个台灯，十九块四毛钱，我给你二十块钱，你还没有找我六毛钱呢。"

售货员从钱箱里抓起六角钱，扔在柜台上："叫你几声了，你头也不回就往外走，怪谁呢？"

老戈说："是吗？那就是我的疏忽了，很抱歉。"

事后，戈妻埋怨道："为找六毛钱，倒贴上八毛，你真傻透了。"

老戈说："话不能这么说。钱没找我去要，这是应该的；我乘车去，就要买车票，这也是应该的。怎么能说傻呢？"

儿子摇头说："直线思维，幸好没遗传给我。"

老戈正色道："没遗传给你是你的不幸。我告诉你，为人处世要严谨，不能圆滑讨巧。"

红眼病

夏末秋初，红眼病流行全城，如多米诺骨牌，一染十，十染百，令人难逃。

办公室老丛头个染上，戴着墨镜来上班，一进门，对大家抱拳笑道："丛某有罪，见邻居买个大彩电，得了红眼病。恳请诸位万勿碰我，以免传染。"

大家笑道："没事，没事。"可过后，人人都不敢直视老丛的红眼，尤其不敢碰其经手之物。一旦触碰，便觉得手掌染菌，眼部发痒，急忙到自来水处，死命搓洗双手。

隔日，老吉也染上，双眼红肿，像个泪人，昂头滴完眼药水，自嘲道："老丛勇夺头冠，我也不甘落后，拿了个亚军。"

次日，莎莎戴着金丝茶色镜，款步扭进办公室，往单主任办公桌边一靠："主任，倒大霉了，咱也被传染啦！今天我请假啊，上门诊部看眼睛。"

单主任抬起头，用手帕按了按眼窝："行啊，顺便帮我也开点眼药回来。"

不日，老金、小乔、小阳也相继红眼。办公室里只剩下小符未染，他对大家说："下个该我得了。"

大家笑道："也该你了，我们全得了。"

此后，小符一来上班，大家就注视他的双眼，看看是否红肿。可日过月去，小符双眼始终不见红肿。大家觉得别扭，互相问："他怎么没得红眼病？"

小符也想不通："他们全得了，怎么就我……"

摩根律师

　　摩根律师在纽格兰镇声誉很好，镇上许多人都请他当私人律师。凯瑞老太太就是其中一位。

　　凯瑞老太太孤寡一人，守着一幢房子，以两只猫为伴，过着清淡的日子。由于退休养老金有限，日子过得并不富足。单单房子地产税，便拖欠了一串，累积也有三万多元。因此，法院发来了两次传票。于是，她决定去一趟律师楼，找摩根律师商量对策。

　　凯瑞老太太每次出门，从客厅到车库，短短一段距离，总要磨蹭上半个小时，可一坐进那辆老"别克"，一踩油门，车便飞驰而去，开得比谁都快，才十分钟，便到了律师楼前的停车场。

　　摩根律师笑眯眯地接待着凯瑞老太太，和她商量各种规避和减免的办法，结果都不行。摩根律师摊开手臂，说："凯瑞小姐，我很抱歉，我已经无计可施了。"

凯瑞老太太望着摩根律师，他一脸的真诚。从二十多年的相处中，她知道现在只有他才是自己最亲近的人。"杰姆，"她突然叫起他的爱称，"请帮助我，帮助我把钱还了，帮助我付掉每年的地产税，等我接受上帝的邀请后，我就把这幢房子送给你。我是个快七十岁的老太婆，已经没几年活头了。"

　　摩根律师收起笑容，心里盘算着这笔交易。一会儿，他说："好吧，让我们起草一份协议书吧。"

　　摩根律师帮凯瑞老太太还清了欠款，并且每年帮她交付地产税。想到几年后这幢房子将归为己有，他支票便签得很溜。

　　凯瑞老太太一口气活了十年。

　　凯瑞老太太一口气又活了十年。

　　九十大寿的生日派对上，凯瑞老太太吃了一大盘巧克力蛋糕。

　　九十一岁，九十二岁，九十三岁，九十四岁……

　　九十五岁生日派对上，凯瑞老太太切开了巧克力大蛋糕。

　　客人们鼓掌说："祝你长命百岁。"

　　凯瑞老太太乐呵呵地说："那是没有问题的。"

车轮滚滚

当年，黄君以三百美元购得一部不知是四手还是五手车。美国车宽宽大大，甚是结实，别看车年纪一大把，里程数也高过十五万迈，跑起来照样不含糊。上学、打工、购物，从不误事。黄君助人为乐，屋友们尊其为屋长。黄君也深感屋长责任，每有外出采购，总逐个通知。于是载着满车屋友，浩荡而去。

这天周末，屋友们提议，明天休息，能否远征纽约，到唐人街去采购食物，再到中国餐馆一饱口福。黄君估计了车技和车况后，欣然答应。屋友们高呼黄君万寿无疆，一夜欢腾。

次日晴空万里，黄君驾车载着满车屋友，向纽约挺进。车在高速公路上稳稳当当行驶，屋友们在车上轮流高歌；姜君望着窗外的风景，触景生情，唱起"骏马奔驰在辽阔的草原……"赢得满车喝彩。黄君以驾车不得分神为由，获准免唱。他手握方向盘，耳听屋友纵情高歌，感觉如开历史巨车，面露幸福红光。

突然，黄君感到车下一颤，便见车前左下方，孤零零滚出一个车轮。黄君惊得目瞪口呆，欲叫又止，怕吓着高歌的屋友们。所幸车虽少去一轮，但因惯性和后排屋友们的重压，三轮尚能平衡而行。黄君紧张万分，脑海频频闪现英雄人物，如王杰、欧阳海等，渐渐沉着应战，紧握方向盘，慢慢点刹。车由快而慢，由慢而停，那离车之轮，继续向前滚，越滚越慢，终于打了个弯，躺在离车十来米处。

黄君打开车门，小心翼翼下车，跑去抱起车轮，扛在肩上，跑回车来。屋友们尚不知真情。姜君还祝贺黄君，说没到纽约，就捡了个车轮，若进了纽约保不准还会捡到汽车。屋友们纷纷给车轮估价，有说三十美元的，有说四十美元的。黄君如实相告后，屋友们呆若木鸡。黄君取出工具，安上车轮，然后继续驾车。屋友们不再高歌，黄君甚感歉意，频频检讨，说这个轮子纪律散漫，擅自脱离组织，回去定当严格教育。屋友们又乐，再高歌，然歌声已不如先前嘹亮了。

此事黄君当时尚能沉着应付，过后却越想越怕，夜里常常梦见车子三轮、两轮，甚至独轮而行，如耍杂技。十年后，黄君已今非昔比，进入主流社会，所购均是名车，最近又购得凌志豪华车，但驾车时，黄君常常下意识斜视车前左下方，看看车轮是否脱离。

酒仙老袁

老袁喝酒有家传，祖辈父辈都是酒仙，不仅天天喝酒，而且每天三顿不离酒。从小他脑子印象中只有酒桌而没有饭桌，喝酒和吃饭一样平常，自然就养成了举杯喝酒的习惯。

老袁酒量大得惊人，喝两斤白酒不在话下。平时，抓起酒杯，灌个几杯白酒，也就润润嗓子，调调胃口。不过，他不像他上辈那样三顿不离酒，他没有酒瘾，有酒就喝，没酒便埋头吃饭。但是他在街道办当副主任，这每天不跑个几趟酒场，几乎不可能。况且，他的酒量大，而且酒风好，自然要替书记主任多担当。要攻，杀声震天，冲锋在先；要守，一夫当关，万夫莫开。有时他就像救火队员一样赶场，书记主任一见他到场，拼酒叫板声就特别高。

长年累月的酒精侵袭，使老袁浑身麻木，不知痛痒。所幸他的大脑还能保持清醒。

但是，老袁还是出了问题，大肠长了两块息肉，要开刀割除。家人很紧张，要保守治疗。但老袁不肯："开刀怕什么，我不怕痛！"

开刀那天，当老袁被推进手术室时，还十分英勇地朝他夫人和孩子挥了挥手。

麻醉师给老袁打了一针麻醉药，并把一个面罩扣在他的鼻子上，说："我数到五十，你就失去知觉了。"

老袁开玩笑说："我'下水道'堵了，谢谢你们帮我疏通……"话未落音，便昏睡过去。

不知过了多久，老袁迷迷糊糊醒来，嘟囔着说："怎么……我肚子……开了一扇门……"

正在手术的医生吓坏了，连忙叫麻醉师给病人打一针麻醉药。老袁迷迷糊糊又昏睡过去。可是过了一阵，又醒来："肚子里……有风……"

医生惊得目瞪口呆，叫麻醉师赶快再打一针。

可老袁昏睡不久，又醒了过来，而且这次醒得非常彻底，还怪罪医生："医生啊，还没有完啊！"

医生吓得要死："再打再打，加大剂量。"

老袁说："不要打了，我不痛。"

医生十分疑惑，说："好好好，现在正在缝线，很快就好。"

老袁抬起头，说："我看你们缝线。"看着看着，他大为失望，嘟囔一句："这线缝得……还不如我奶奶……纳的鞋底线直！"

父 与 子

老牧从小立志当画家，但作画几十年，终不成大器，便全力培养儿子。

儿子小牧才三岁，老牧就逼他学画。儿子生性贪玩，圈在家中常常喊苦，有时甚至弃笔罢画，以示反抗。老牧从不哄劝，抄起竹尺便抽，抽得儿子满地乱滚，穷喊救命。不过几次，儿子就被抽乖了，整天跪着趴在地上，对着旧报废纸涂墨习画。才一年工夫，便有长进。

小牧专画熊猫和竹。作画前，他昂头皱眉久想，嫩脸上显出极不相称的老成，想毕，眉毛一展，好似胸有成竹，抓笔沾墨便画，一挥而就。

老牧藏有一幅郑板桥的《兰竹图》。此画是祖上所传，他视若珍宝，曾有位港商出价三万港币求他出手，他死活不肯。这天休息，他挂出《兰竹图》，给儿子讲解画技，讲到口焦唇干时，便进厨房倒茶，待回房间，猛见《兰竹图》上新添了两头啃竹的熊猫和一堆乱竹，他顿时气得七窍喷血，怒问："谁画的？"

"我画的。"小牧用湿笔直指《兰竹图》，"他，画得不好，我帮他改一改。"

"啊——！"老牧昂首发出一声惨叫，继而狂笑，"哈哈哈——哈哈哈哈哈——好！好！好！我儿骄狂不让郑板桥，日后必定成龙！"

小夜曲

　　一下班，阳伟与王悦便隔桌而坐，摆棋对弈。两人棋力相当，下得有滋有味，饥渴皆忘。待尽了棋兴，一看表，已近子夜。

　　阳伟骑车回到家，站在门外，摸出一张五元纸币，然后掏出钥匙，开锁推门，门却被保险锁链挂住。他贴着门缝，轻轻呼唤："娇美，开开门。"

　　黑暗里，娇美怒声问道："才知道回来啊？几点啦？"

　　阳伟说："加班赶材料啊。"

　　娇美说："赶鬼哟！谁知道你到哪里鬼混！"

　　阳伟说："乱说什么呀，我对你的爱，你还不清楚？比山高，比海深……"

　　娇美斥道："少来这一套！你老实交待，今晚去哪里了？"

　　"还能去哪里呢？确确实实是加班嘛。"阳伟将五元纸币塞进门缝："你看，这是加班夜餐费，我还没用呢。给你。"

娇美不为金钱所动，仍不开门。

阳伟无奈，返身骑上车，赶到王悦家，拖起昏睡的王悦："帮帮忙，开张进门条。"王悦二话不说，抓笔铺纸，一挥而就。

阳伟抓起纸条，骑车赶回家，将纸条塞进门缝。

娇美夺过纸条，开灯细看——

今天晚上阳伟跟我，还有老沈、小图（均为男性）一起加班，特此证明。

王悦

不多时，一阵链响，门滑开了……

柳暗花明

下午上班，老恽急匆匆来到主任室，将一本《山村烟雨》递给柴主任："这是前年出的书，上午清仓，还有五万多册堆在那里，卖不出去。"

"折价处理呢？"柴主任问。

老恽摇摇头："年初打五折，还是没人要。"

柴主任翻了翻书："内容可以嘛。这样吧，你到美编室，把小可找来，我们研究一下。"

研究后决定：把五万多册书送回印刷厂，撕去封面，由小可重新设计封面；更换书名，《山村烟雨》改为《黄昏，一个少妇闯进光棍村》；书价提高两倍。

次日，小可送来新设计的封面画稿。柴主任审视一番，说："不够新潮。身体重点部分应该有所突出，要打动人。"

傍晚，小可将改好的封面画稿交给柴主任。柴主任看后，当即签发："马上送印刷厂制版，印好后就装订。另外，你叫老恽搞个内容简介，跟征订单一起发出去。"

三千份征订单寄往全国各地。一个月后，征订单陆续寄回，截至统计时，订数近十五万册。

这天，老恽喜滋滋地来到主任室，将一份加急电报摊在柴主任面前——

再订光棍村三千本，款已电汇，五洲书社陈。

老恽说："想不到，突破十五万了。"

柴主任说："那就再印，要多少印多少。"

老恽说："可惜版早就拆了。"

柴主任说："再捡字，排版重印。无论如何，要满足广大读者的需求！"

无题

　　困在宾馆四天三夜，三易五改，言秘书写的报告稿还是未能通过。眼看会期逼近，甘主任急得要砸窗跳楼，不时推门催促言秘书。当夜，言秘书六改稿罢，甘主任抓起报告稿，坐上专车，直奔果局长家。

　　次日上午，果局长亲临宾馆，从裤袋里抽出报告稿，往甘主任面前一扔："啥玩意？花里胡哨，重来！那个老贡呢？干啥不叫他写？"

　　甘主任说："老贡在家休假。"

　　"休假？"果局长手一挥，"车去，调来！"

　　老贡到。甘主任堆笑相迎："又让你休不成假了，实在没办法，小言写的几稿都给毙了，明天就要开会……"

　　老贡竖掌一挡："哪位作报告？"

　　甘主任塞上一包"云烟"："果局长。"

　　老贡"嗯"了一声，抓过稿纸，往桌前一坐，弓腰眯眼，连吸两支"云烟",然后从胸袋里抽出老牌钢笔,挥笔写:"一个认识;两个提高;三个同步;四大目标;五件大事;六项任务;七条措施;八个解决……"接着,他照纲便写,中午饭前杀青。

甘主任火速送审。

果局长阅毕,抓笔批道:"好得很!打印!"

言秘书佩服得五体投地,当晚便登门求教老贡。

老贡伸出四个焦黄的手指,说:"四个字——功在文外。"

又无题

开了一天会，肃局长闷头回家。三杯"老窖"下肚，仍难解忧，他不禁哀叹一声。

肃夫人横筷敲碗："好好的叹什么气啊？！"

肃局长摇摇头："定不下来啊。郝礼一走，这办公室一摊谁上呢？高品？"

"不行！废品一个，整天拉着长脸，见了面屁都不吭一声。"肃夫人说。

"穆天清可以考虑，人厚道，当主任挺合适。"儿子提议。

"德性！"女儿撇撇薄嘴，说，"窝囊透顶！你瞧他那个样，整天穿得黑乎乎的，有时连裤门都不扣。还有呢，那个吃相，啧啧，没点高雅样，纯属低层次。要是他行，十亿人没人不行。"

"哎，老闻怎么样？我看不错。"肃夫人举荐。

"他呀，一米六〇，有损国容。"女儿说。

孙子突然举杯叫道："胖叔行，胖叔对我真好。男人的口味！"

"对！'胖大海'。"

"这胖子忠。"

"健健真聪明，伯乐见了都惭愧。"

肃局长笑眯眯地拍拍孙子的头。

饭后茶毕，又看完电视，肃局长宽衣欲睡。

肃夫人问："哎，定啦？"

肃局长点点头："嗯，定了。不过，高品就上不了了……"

肃夫人说："哼，你要上他啊，你就别想上这张床！"

再无题

会议结束，顾厂长抓起话筒说："会后请大家吃顿便饭。只是便饭啊，因为市里下文件，不准超过四菜一汤，而且不摆酒。这个，我们要严格执行，只四菜一汤。另外备了点'可乐'和'矿泉水'。不成敬意，请大家谅解啊！"

来宾们鱼贯步入职工餐厅，围桌而坐。

餐厅人员端上一个搪瓷茶盘，高声报菜名："头道菜，十全拼盘。"盘内堆着荔枝肉、熏鱼片、五味肝卷、爆虾仁、牛肉丝、清蒸蟹块、海蜇皮、凉拌针菇、松花蛋和油炸春卷。

接着，"鳗鲈鳊鲳争艳"、"石鳞海参结盟"、"扒鸡烤鸭相恋"三道菜先后上桌。最后，"百味火锅"压阵。

来宾们情绪顿时高涨，纷纷举箸夹菜，尽情品尝。

顾厂长抓过两个空杯，对身旁的易经理说："老兄，去年多亏你大力支持，来，干三杯！"

"哪里，哪里。"易经理抓起可乐罐欲倒。

顾厂长按下易经理的手，抓起一个没有商标的酒瓶："喝这个，'矿泉水'。"

易经理说："这玩意淡而无味。"

顾厂长说："哎，这可是真正的'矿泉水'，喝到肚子里就有味。"

易经理皱眉喝一口："嗨——够劲！"他舒眉啧嘴，连喝了三杯："不假，是真正的泸州……'矿泉水'。啧，你老弟，在执行市里文件方面，不墨守成规，敢于开拓，值得借鉴，很值得借鉴。来，兄弟我回敬你三杯……'矿泉水'！"

竞争

邹博承包的"西街录像厅"地处闹市，且独家经营，上座率一直很高，但自从对街"明星录像馆"开张后，观众便被抢去大半。

面对竞争，邹博毫不退却，忍痛降票价百分之十，夺回部分观众。但"明星"很快便"改革"，日日上映新片，场场爆满。一时，"西街"观众所剩无几，甚至空场。

这天，邹博望着"明星"门前的人潮，气得搬出一箱啤酒，对大家说："喝！"他抓起一瓶啤酒，用牙咬开瓶盖，一气喝完，将酒瓶摔得粉碎："今天休场，全出去！找门路租新带，高价也租，租它一批，跟'明星'对着干！"

马宝说："邹兄，这事不能蛮干，得讲究点竞争艺术。依我看，明天我们把那套《宫妃秘史》抖出去，再在海报上搞点文字游戏，保证叫座。"

次日，"西街"售票窗旁贴出一张海报——

今天放映九集连续剧《宫妃秘史》（儿童不宜）……

立刻，窗前观众潮涌，疯狂购票。

邹博兴奋得抽出一张百元纸币，塞进马宝的衣领内："你小子，我恨不得宰了你！"

隔日，"明星"门前竖起一块大牌——

本馆自今夜起，隆重开辟通宵录像专场，系统放映欧美片。片带完整，图像清晰。未婚免进！

邹博见状，几乎气昏过去。

影响

文明办和物质局同在三楼办公，各占半个走廊。

物质局福利好，入夏，分西瓜、啤酒、可乐；冬至，发西装、毛毯、热水器；临到节假日，分鱼、分肉更忙。每到这时，文明办便一片沉寂，大家悄悄掩上门，以免触景浮想。

文明办是清水衙门，连办公费用都不够，自然无力顾及福利，大家难免牢骚。身为领导的钱主任甚感不安，决心想方设法搞一次福利，抚慰大家。

经过努力，终于在春节前，给每人发了两包瓜子和一袋腐竹。大家虽喜欢，但与左邻一比，便觉得寒酸，忙用报纸将东西裹密，塞在包底，偷偷带回家。

宣传组小迟捏着瓜子袋说："不分嘛，咬咬牙也就挺过来了。这一分，气得人要抽筋，分这小玩意，跟儿童节小孩分包糖似的，这不丢人吗？"

有人举报了小迟的言论，钱主任大为光火，当即召开大会："我这个当主任的是姓钱，但没有钱！这次买东西的钱，还是卖废报纸得来的。东西少点，总比没有好吧？！你小迟丢什么人？大家干吗偷偷摸摸怕人家看见？都是搞精神文明工作的，就这么自贱？！自爱、自尊、自重都到哪去啦？跟人家比，怎么不全面地比？我们文明办演讲第一，墙报办得好，卫生整洁，干吗人家舍近求远，跑到我们这头厕所来出恭呢？还不是因为我们的厕所干净嘛。这些长处，怎么就视而不见呢？……"

钱主任的话振聋发聩，大家汗颜不止。

为防微杜渐，文明办于春节后，在走廊中间的分界处搭起了一堵纤维板墙。

赞助

新婚不久，贾豆豆便分到一套新房。当晚，豆豆二姐夫开来"中巴"，把贾家老小载到新房参观。两间朝南大房，客厅、厨房、卫生间、储藏室、前后阳台一应俱全。家人纷纷赞叹，说新房宽敞，布局合理。

豆豆说，准备把后阳台改成厨房，厨房就作为饭厅。并说改建好就搬来，让家里也宽敞一些。

家人便问何时动工。

豆豆笑道："我们结婚把钱都花完了……嘿嘿，今天全家人都在，我小弟也就不客气了。请爸爸妈妈、哥哥嫂嫂、姐姐姐夫拉我一把，赞助赞助……"

"行啊！"二姐夫爽朗应道。

"好说。"四姐夫随即回应。

贾父皱眉暗想："这小子，刁。"

半个月后，改建完搬家毕，豆豆备下酒菜，请来家人，喜庆乔迁。

中午，全家老小乘车来到新房。豆豆夫妇早已候在楼梯口，将家人引进房间。

贾母点上三炷香，进厨房去祭灶。家人也跟进厨房参观，抬头猛见灶台瓷壁上贴着一张红纸，纸上浓墨隶字：

鸣谢赞助：

二姐夫二姐二百元

四姐夫四姐一百元、粮票二百斤

大哥大嫂五十元、瓷砖二百块

三哥三嫂五十元、台灯一个

爸爸妈妈四十元、祖传水缸一口

大外甥铝锅一个、出工时三天

小妹玻璃茶具一套

（排名不分先后）

贾豆豆、马丽霞顿首敬谢

一件小事

罗罗推搡着挤上电车，抢占了一个双座空位，对着窗外喊道："美丽！你慢慢上车，千万别挤！我已经占到座位啦！哎哎，当心！你的连衣裙，别挤皱啦！"

美丽挤上车，罗罗急忙拉她入座："坐里面，靠窗坐可以看风景。丽，看着你挤，我真痛苦得不行。"

美丽撇撇嘴："你是为我痛苦啊？你是为这身连衣裙痛苦。"

罗罗说："哪会呢？哪会呢？给你'雪碧'，喝了透心凉。哎，你看旁边，老外。"

旁边座位上，一个白肤蓝眼外国青年正坐着翻看地图。

美丽看了一阵，说："外国男的就是帅，高头大马，特性感。"

罗罗急道："说这话，太损国格了。"

美丽说："哟，吃醋啦？我偏说。"

这时，一个少妇抱着孩子，艰难地向车里挤来。

售票员抓起话筒说："哪位乘客给这位带孩子的妇女让个座？"

车厢里顿时沉静，无人让座。

罗罗拥着美丽，望着窗外。

外国青年站起身来，请少妇入座。

少妇连连致谢。

外国青年微笑着摆摆手，不好意思地咬着嘴唇说道："我……是……雷锋。"

众人大笑。

罗罗笑着对美丽说："您听到没有？这老外说他是雷锋，真逗！雷锋出口转内销了。"

和睦邻居

春节前夕，振兴化肥厂毕厂长率全厂职工，四路纵队，开进一墙之隔的万家美面粉厂。

万家美面粉厂鲍厂长早已带人候在厂门口，夹道欢迎。

"老毕，欢迎欢迎！"鲍厂长迎上前去，紧握毕厂长的双手。

"老鲍，今天我们，一是来联欢的；二是来感谢的。几年来，你们厂对我们的支持那是太大了。大的不说，单你们厂食堂，无条件向我们开放，解决了我厂职工的吃饭问题，就要好好地感谢你们。"毕厂长说完，向身后一招手："献匾！"

两位姑娘抬着一块长匾，盈笑着走到鲍厂长面前。

毕厂长揭下盖匾的红绸布，指着匾上的烫金楷字，念道："'有墙壁如同无墙壁，非兄弟胜似亲兄弟。'老鲍，请收下。"

鲍厂长接过长匾，抱在怀里："老毕啊，要说支持，也是互相的。去年，我们赶任务超计划生产，仓库不够，你们腾出半座仓库，给我们存放面粉，还拨了两辆'解放牌'汽车，帮我们抢运面粉……"

毕厂长挥挥手："哎，应该的应该的。"

鲍厂长感慨地说："难得啊！我们两家，真是和睦相处的好邻居。"

毕厂长拍拍鲍厂长的肩："胜似亲兄弟！"

鲍厂长连连点头："对对，亲兄弟！走，到礼堂联欢去，今天我们好好闹一闹！"

生意经

小满两手抓着 T 恤衫，站在摊前，嘶声叫卖："割断动脉大血管啊！不惜血本！从西湖大酒店跳下来！跳楼大降价啊！原价四十五元，现在只卖二十八元啊！贱卖了啊！……"

一个青年荡来。

小满伸臂一拦，抖了抖 T 恤衫："大哥，T 恤衫要吗？二十八块一件。"

青年斜眼看了看 T 恤衫，摇头而去。

小满抓起摊下的啤酒瓶，灌了几口，转身猛见五哥站在摊前，忙递过啤酒瓶："惨啊，五哥，都杀到二十八啦，才卖三件。"

五哥说："自己作践自己。收摊吧。"

次日，小满摊前挂出一块方牌："名牌誉满三江水，真货能招四海宾。本店隆重推出正宗 T 恤衫，每件八十二元。"T

恤衫套上塑料袋，整整齐齐挂在横杆上。五哥和小满悠然地坐在摊内，品茶下棋。

两个青年走来。其中一个瘦青年捏了捏T恤衫："八十二，这么贵？"

五哥微微一笑："贵因为货真，要买便宜的，有，那边拐弯地摊上。不瞒二位说，本店面向上等人士和万元户，不做一般生意……"

"哎，太小看人啦。买两件。"瘦青年摔下两张百元大票，"剩钱免找了，留着买糖吃吧。"

一对男女驻足摊前，取下T恤衫，里外翻看一阵。男的欲买，女的说："太贵了。"

男的说："一分钱一分货，要买就买好的。"

女的说："老板……买一件吧。"

老赵和老卫

老赵和老卫是同楼邻居，关系甚密。

可"文化大革命"伊始，两人却走入岔道，分别参加两派，关系日渐恶化，常常在楼前空场上"大辩论"。激烈时，两家的妻子儿女也上阵助威。

这天，为了老赵派组织的一个"行动"，两家又展开"大辩论"。辩到难分难解时，老赵突然振臂高呼："×××行动好得很！"

赵妻和儿子们齐齐跟呼："香如炒面！"

老卫立即组织反击。卫妻向前跨一步，举臂领呼："×××行动糟得很！"

老卫和女儿们随即跟呼："臭如大便！"

霎时，"香如炒面！""臭如大便！"此起彼伏，响彻楼院。

呼战仍不分胜负。

突然，老赵指着卫家的丝瓜架说："你的瓜架，挡住了红太阳的光辉！现勒令你马上拆除！"

老卫愣住了。他的大女儿挺身而出，羊角辫一甩，说："红太阳，照我家，雨露滋润瓜苗壮。你休想拆除！"

老赵手一挥，三个儿子一哄而上，拆了丝瓜架。

卫家人望着散乱的丝瓜架和指日可食的乳瓜，心如刀割。

隔天，老卫带领女儿们，乘夜偷袭了赵家的鸡窝，活擒两只温州老母鸡，星夜直奔卫妻娘家。清炖后，卫家人满怀仇恨，将鸡汤灌进肚子里，洗了瓜毁之辱。

二十年过去，老赵的二儿子娶了老卫的大女儿，冤家成了亲家，老赵和老卫的血脉在孙辈体内汇成一流。两人对往事早已一笑了之，只是下辈的小夫妻俩偶尔还会重提逗趣：

"我说夫人，你这菜炒得实在是糟得很啊！"

"当然，哪比得上你家那老母鸡味道鲜美啊，那真是味道好极了，香如炒面哎。"

蓝色梦幻

……祝工抱着公文包走下舷梯，脚刚落地，温厂长便抢步而至，满面热笑地揽着他钻进轿车："祝工，你是我们厂的骄傲！你的发明就是我们厂的发明。哎，言归正传，给了多少奖金？"

祝工搂紧公文包："奖了……两万块。"

"好！你给厂里创造了经济效益。我决定，从这两万块中，提取百分之十奖给你。另外，授予你厂劳模的光荣称号。"说完，温厂长抓过祝工手中的公文包，抽出两千元，塞给祝工。

轿车开进厂里，祝工一走下轿车，便被廖科长拖进技术科："老祝，应该肯定，这项发明是你的成果；还应该肯定，你是利用业余时间搞发明的，你的正常工作任务也完成得很好。但是，也不能否定，这发明里面或多或少也包含着全科同志的心血。就拿你这次到北京的七八天来说吧，大家就分担了你的工作任务，是不是？当然，两千块钱，你应该拿大头，拿百分之二十。其余部分嘛，就充进科里的年终奖，分给大家，以充分体现按劳取酬的分配原则。"

祝工刚把钱交给廖科长，同事们便拥进办公室，要祝工请客。祝工说："我只剩四百啦。"

同事们说："不要太破费，四百够了。"

"祝远同志，祝贺你发明成功！"一个胖子挤到祝工面前，塞给他一本聘书，"未来立体关系基金会聘你为名誉理事，请你捐赠一千元。"

祝工撒腿便跑："我没钱了！没钱了！"

蓝梦惊醒，祝工抹汗叹道："幸好是个梦。"

高压锅轶事

　　葛大妈和儿子葛壮士上街买了个高压锅，回到家，正细读《使用说明书》，葛书记提着皮包，下班回来了。他一见高压锅，粗眉即卷："胡闹！谁买的？知不知道这玩意危险啊？"

　　葛壮士说："没事，有保险装置。"

　　葛书记说："保险？前年老穆家用这玩意，锅盖怎么炸开啦？还险些砸到脑袋呢。"

　　葛壮士说："那说明他们使用不当。"

　　葛书记把皮包往桌上一扔："鬼话！那说明这玩意不行，归根结底，危险！"

　　葛大妈说："行啦，大不了去见马克思。"

　　葛书记说："死得轻如鸿毛，马克思会见你？"

　　葛大妈说："不见拉倒。"

　　葛壮士说："马克思不见，还有列宁嘛。妈，是吧？"

此后，每当家人使用高压锅，葛书记总是提心吊胆，警惕地瞪着双眼，密切注视着高压锅，直到端下高压锅，他才放下心来。

这天，小女儿葛壮丽用高压锅焖饭。当高压锅"刺刺"喷气时，她被吓住了，缩着双手，不敢端锅。

高压锅越喷越猛，似要爆炸，葛壮丽慌得趴在窗口上，奋力喊道："来人啊！快来人啊！"

葛书记冲出卧室，大手向女儿一挥，粗声吼道："闪开！卧倒！"随后，他端起一脸盆水，倾盆倒向高压锅。顿时，煤炉腾起白烟，高压锅渐渐气尽。他怒不可遏，端起满是煤灰的高压锅，扔向窗外。

"咚"的一声，高压锅砸在楼下的空场上。

"喜讯"

　　时已近午，县乡两级各套班子的领导们仍聚在县委礼堂，坐等县长从省里归来。

　　"来了来了。"有人叫道。

　　一辆"皇冠"轿车驶来，在礼堂门口刹住。贺县长和唐主任钻出轿车，大步走进礼堂，跨上主席台。

　　全场顿时肃静。

　　贺县长环视全场片刻，突然，沙哑地喊道："同志们！告诉大家一个振奋人心的好消息！我县，光荣地被评上了贫困县！"

　　"哗——"全场起立，掌声雷动。

　　贺县长落座，抱起杯子大口喝茶。

　　站在一旁的唐主任使劲按手示静，高声说："同志们啊，同志们！这个荣誉，来之不易啊！是我们贺县长争来的啊！三天三夜，上上下下，嘴皮磨破了，声音说哑了……"

"县长立大功！"有人喊道。

"给县长请功！"众人回应。

贺县长含笑摇摇头，又摆摆手。

林乡长双掌相握，自言自语："这下太好了，我们可是最贫困乡啊。"

后排的孔乡长听罢，扳过林乡长的肩，说："林兄，你后面那句话，我不能同意，我们乡，才是最贫困乡。"

再后排的程乡长前俯身体，连连挥手，说："别争了，别争了。要说贫困啊，都轮不到你们，我黄岭乡是最最贫困乡！"

散会后，程乡长把乡办主任挡在"丰田"面包车外，食指顶着他的胸口，说："你住下，不弄个几十万救济款，不要回来！"

生活

　　为儿子工作的事，黎云夫妇伤透脑筋。终于，妻子朱宪探得本园大班方盾的爷爷是一家公司的经理，夫妻俩商量半天，决定托他帮忙。

　　黎云说："总不能空着手去吧？"

　　"听说，方盾他爷爷爱喝酒，我看就买两瓶酒带去吧。"朱宪说。

　　夫妇俩来到商店，花了三十多元，买了两瓶"杜康"酒，放进提包里。然后，按抄来的地址找到方经理家。

　　方经理刚吃过晚饭，满脸油红，正坐在客厅的环形沙发上抱着孙子逗乐，见孙子的老师来访，忙起身迎客，倒茶敬烟。

　　方盾更是欢天喜地，一头扎进朱宪怀中。

　　闲聊一阵后，朱宪说明来意。

　　方经理极爽快，一口答应。

黎云夫妇感动得连连致谢。临走时，朱宪从提包里拎出"杜康"酒："方盾爷爷，这是我们的一点心意……"

　　方经理按住朱宪的手："万万收不得！老师平时对盾盾的照顾，我们谢还谢不完呢。"

　　黎云搓着双手："不成敬意，不成敬意……请方经理务必笑纳。"

　　朱宪两眼噙泪："盾盾爷爷，无论如何，您要收下。盾盾，听老师话，请你爷爷收下。"

　　"朱老师，不要嘛不要嘛。朱老师带回去自己喝。爷爷不喝这种酒。"说着，方盾跑到墙角的躺柜前，一把拉开柜门，指着满柜的茅台酒，"爷爷就喝这种酒。"

参加校庆

　　走近母校时，渠成心里激动不已，仿佛倒回二十多年，成了纯情少年，许多美好的往事如云浮现脑际……

　　校门披红挂绿，两侧彩旗扇形插立，如张开的双臂，欢迎校友返校。

　　渠成随着人流，走进母校。突然，一个戴变色镜的胖子指着他叫道："渠成！'水到渠成'！哈哈！你也来啦？！"

　　渠成盯着胖子："你，谢崇武！'崇武以南沿海，风力三到五级……'"

　　胖子摆摆手："改名了改名了，现在叫查利，谢查利！"说着，他掏出一张烫金名片，递给渠成："我在报社当记者，不怎么样。哎，你呢？"

　　渠成说："无业，自己办厂。"

　　查利惊道："嚯！大老板！赚了多少？哎，要不要登广告？写报告文学也行。"

两人说笑着走进礼堂。一位女教师招呼道："贵宾请到前五排贵宾席就座。"

查利从公文包里捏出一张请柬，朝女教师晃了晃，走向贵宾席。

渠成随后欲跟。女教师微笑地问："同志，您的请柬？"

渠成摇摇头："我……没收到。我是看到报上登的校庆通知……"

女教师笑容可掬："噢，您是校友，请您到后面校友席就座。"

渠成盯了女教师一眼，又望了望贵宾席，再望了望主席台，"唰"地拉开腰间的 B 形包，抽出一张空白支票，抓起笔，朝金额栏里飞笔填了五位数，又翻过支票，写了两行字，递给女教师："麻烦你交给台上的校长。"

一阵后，就见校长双手抓着支票，对着话筒高声说："同学们！我校六四届校友田渠成向母校捐献三万元人民币！让我们以热烈的掌声，表示衷心的感谢！并请田渠成校友上主席台就座！"

在女教师热情的引导下，渠成走上主席台。

傅经理和郑副经理

傅经理是正经理，因为姓傅，称呼起来，不知情者常误听为"副经理"。对这种"降半级"的误解，他心里当然不痛快。但也无奈，毕竟是祖姓，由不得他选择改动。

而郑副经理则相反，人们为了省事或讨好，常叫他"郑经理"，也常让人误以为他是"正经理"。这种"转正"虽不具效力，但寓含着某种理想，他自然没意见。

一日，省里一位厅长来公司调查，公司办公室小佘负责接待，他向厅长介绍说："这位是公司傅经理，这位是公司郑经理……"

厅长掏出笔和笔记本，说："那就请'正经理'谈谈吧。"

郑副经理甚感突然，忙说："还是请我们傅经理谈吧。"

厅长笑眯眯地说："还是你谈吧，谈完再请'副经理'补充。"

傅经理坐在一旁，两眼直视小佘。

小佘不知何故，回报一笑。

傅经理两眼一瞪，怒视小佘。

小佘恍然大悟，一拍脑门，暗暗叫苦："坏事！"

当晚，小佘跑到傅经理家，边抹泪边检查："老经理啊，我犯了大错误！我毫无组织性、纪律性，工作态度极端不严肃……我非常沉痛！晚饭都吃不下去……"

傅经理见泪心软，一挥手："算了！回去写个检查，交你们主任。"

通过此事，人们深受教育，也感到如何称呼两位正副经理是个问题。有人索性完整地称呼"傅修和经理"、"郑诚仁副经理"。后又有人改口叫傅经理为"大老板"，叫郑副经理为"二老板"。

终究没有一种理想的称呼。

老盖

老盖把病历交给护士，往走廊长椅上一坐，掏烟点火，悠悠吸了一口，两眼左右一扫，见左旁一个瘦老头，手捂腮帮愣坐着，便问："看牙啊？"

瘦老头苦笑地点点头。

老盖侧过身："你在哪个单位啊？"

瘦老头说："外贸局。"

"外贸局？"老盖说，"外贸局不是老靳在那里当局长吗？"

瘦老头点点头。

老盖说："还没退啊？这老伙计！有好几年没见面了，我们交情还不浅呢。"

瘦老头看着老盖："噢？"

老盖脱去布鞋，两腿往臀下一盘："这老伙计啊，我了解他，工作蛮有魄力，不过，急性子，好咋呼。年纪大了嘛，总免不了。你们要理解他，有事让着点他。反正，他也没几年干头了，顶多再干一两年吧，让着点他。唉，也不容易啊，'文化大革命'时，这老伙计吃了不少苦头。不过，这几年，可发啦，有事没事，三天两头，跑跑国外，捞足了……"

"12号！"护士朝走廊上喊了一声。

瘦老头起身应道："来了。"

老盖招招手："哎，回去转告老靳，叫他常来玩玩，再问个好。"

瘦老头返身盯着老盖："不必转告了，我就是老靳，靳平南，靳局长！"

高效戒烟法

　　俺家老栾啊，早在当兵那阵就是个大烟鬼。闹恋爱时，当俺的面，把一包"大前门"扔进沟里，说啥"月亮听太阳的，我听你的"。俺真是个傻妞，信了。他退伍后就跟他到南方来了。可成家后，他又抽上了，还对他哥们儿说，他过去是"床头柜（跪）"，如今是"大立柜"。俺劝他，给他说抽烟的害处，买戒烟糖、戒烟茶给他嚼、给他喝，都不管事。你听他说："宁可三天没饭，不可一日无烟。"有救没有？俺跟他吵，还跟他干架。虽说俺是"铁姑娘队"出生，可干架到底不是大老爷们的对手，唉……可俺不服，当年俺能把后山头给劈了，今个俺就不信戒不了你的烟！俺得用用脑子。那晚，他掏出烟又抽，俺也抓过烟，说："你一个人抽多闷气，俺陪着你抽。"一点火，俺抽一口，那个呛啊，心肝都呛碎了，俺心想，为了美好的明日，得坚持住！打这后，他抽俺也抽，他犯傻了。俺还对他说：抽啥"友谊"，

69

要抽抽好的，抽洋的。俺挑烟摊上"良友"买，一狠心买一条，甩半条给他，俺自个留半条抽，抽完俺再买，当他面，狠抽。到月底，没米下锅了，俺说没事，宁可三天没饭，不可一日无烟嘛。他跳脚了，求俺说："我先戒了还不行？"嗨！这才把他给治了。哎，跟你说了，你可别到处张扬。这"高效戒烟法"可是俺发明的，俺还想搞个发明专利呢。

小茶壶

巩城万万没想到，父亲用了一辈子的小茶壶，竟有人出两千美金来买它。

傍晚，巩城正在家门口饮茶纳凉，巷里的金宝搀着从美国回来探亲的老舅，缓缓步来，驻足等候"的士"。

巩城忙起身让座，又到家里拿出一听可乐。

金宝老舅摆摆手，又指着矮桌上的小茶壶："饮茶吧。"

巩城倒出残茶，泡了壶新茶。金宝老舅抓起小茶壶，噘嘴对着壶嘴，吸了一口烫茶，合目细品，惊叹道："奇味，异香，到家到家。"他又连吸几口，然后揭起壶盖，眯眼探视一阵，摇摇头，嘴里嘟囔着英语，双手久抚着小茶壶。

晚上，金宝敲开巩家门，说他老舅想买这个小茶壶，出价两千美金。

巩城惊呆了，待金宝走后，他腾身翻了一个空心跟斗："两千美金啊！"他两眼圆瞪，指着妻子："你还说这茶壶又旧又脏，要扔了它！"说着，他抱起妻子，往弹簧床上一扔，"我先扔了你！"

当夜，巩城夫妇俩用丝瓜筋沾着去污粉，小心翼翼地将小茶壶里外一层厚厚的茶垢刷掉，冲洗擦干，然后包上红绸布，锁进皮箱里。

次日，金宝携款来到巩家。

巩城开箱捧出小茶壶。

金宝揭布一看，惊道："不是这个，是昨天那个。"

巩城笑道："就是这个，太脏了，昨晚我把它洗干净了。那么厚的茶垢，刷了几个钟头呢。"

金宝头一撇："唉哟！要的就是这些茶垢！"

平衡

老郗满肚窝气，为一份复写材料底页有几处模糊，蒯主任竟大动肝火，当众劈头盖脸地把他训斥一顿，他煎熬忍受，不敢吭声，埋头重抄材料。

下班回家，老郗把提包一扔，沉着脸坐入沙发。

郗妻端来一盆洗脸水。

老郗拧起毛巾，猛然将毛巾摔进脸盆："这么烫的水，你想烫死老子啊？啊，老子死了你舒服是吧？"

郗妻急忙添了一勺冷水，等丈夫洗完脸后，她又端菜盛饭，然后闪到一边抹泪。

老郗抓筷扒了一口饭，嚼了两下，将筷子往桌上一拍："这么硬的饭，你就不能多放点水啊？……"

"你死人！"突然，楼上蒯家传来蒯妻的怒骂声，"下班顺路，带把菜都不行啦？你走！没你的饭吃！你走！"

老郗侧耳细听，鼻腔一哼，抓筷狠扒了一大口饭。

"笃、笃……"有人敲门。

郗妻擦干泪，上前拉开门，只见蒯主任闷头站在门边。

老郗"嗖"地起身："主任……进……进来，吃饭，在这里吃饭。"

蒯主任昂头迈进，挥挥手："吃过了，你们吃，你们吃，我来……坐坐，饭后坐坐……"说着，他往沙发上一坐，抄过茶几上的电视节目报，展开便看。

待细细看完四个版，喝尽第五杯茶，蒯主任这才起身告辞。

老郗目送着蒯主任艰难举步登楼，心里暗骂："妈的！你有地方躲，我到哪里去躲？"

补习

　　诗人方块关在斗室，手抱《高中文化补习大纲》，正挥汗苦背。

　　评论家匡易推门而入，得意地将一本崭新的《方块诗论》扔给方块，而后抓过茶杯，揭盖喝茶。

　　方块抓起书一看："啊！出啦？！印了多少册？"

　　"一万一千册，包销一千册。"匡易说。

　　"这回副教授有指望了吧？"

　　"评委亮分，顺利通过。"

　　"操，请客！"

　　"这就走，哪一家？"

　　"唉，免了，这几天得对付考试。"

　　"考试？"匡易抄起补习大纲翻了翻，"还高中考试？我研究你的诗都成了副教授，可你居然还要考高中？思维紊乱了。"

"水平、作品、酒瓶、油瓶、醋瓶，都有了，唯独没文凭。没文凭就得补习，不然连加几块钱工资都困难，更不用说职称和房子了。"方块挥挥手，又说，"牢骚无用，劳驾帮我拿着大纲，我背几页你听听。"

几天后，方块捏着准考证，惶惶走进考场，对号入座。顿时，他胸中诗兴汹涌，几次欲跃上讲台，对众朗诵。

铃声震响，方块诗兴顿消，茫然地打开桌角的语文考卷，猛地扫见填空栏里一题——长诗《星辰赋》作者（　　　　　）。

方块苦笑道："那就是我。"他抓起笔，在括号里，一笔一画填上"方块"两字。

救急

早晨一上班，小毛找到韦城，把他拖出车间："哥们儿，这下栽了！"

韦城惊问："怎么？吹啦？"

小毛说："离吹远不了啦。昨晚她说，明天要来厂里看看。"

韦城说："看就看吧，你怕什么？你不是已经告诉她啦？你就是大集体的嘛。"

小毛摇摇头："不是这意思。国营不国营她不在乎，她觉得我这人不坏。说实话，我这一米八的个儿，早把她给镇了。我担心的是……唉，怎么说呢？我发现她贼卫生，连我衬领上一点汗印都要大批判一阵。你想，她来我们厂，一看厂里这熊样，垃圾场一样，还不跟我拜拜？"

韦城问："至于吗？不过，防着点也好。这样吧，我出去打个电话。"

中午吃饭时，广播喇叭骤响："厂部通知，厂部通知，为了迎接市区春季卫生检查团莅临检查指导，厂部决定今天下午进行全厂性大扫除，请各车间组织职工做好本车间和包干区的卫生，要求做到六面光。下班前厂部将检查评比。"

　　韦城碰碰小毛："还行吧？一个电话，掀起全厂爱国卫生运动的高潮。"

　　次日子夜，小毛扛着一纸箱罐装啤酒来到韦城家："哥们儿，形势大好，刚才她狂夸我们厂，说是完全彻底的花园式工厂，还给了我一个吻。"

　　此事后来被查。厂部以欺骗组织为由，给韦城记过处分，并扣其全年奖金。

轮流值班

　　会议结束，滕镇长从抽屉里抓出五张请柬，往手掌上拍了拍，说："看看，晚上有五场酒宴，我又不能分身去赴宴，怎么办？你们几位代劳吧，分头应酬一下。"

　　"我……不行了，中午被拖去连吃了两场，到现在肚子还死撑着，晚上最好喝点稀饭……"尹副镇长说。

　　茅副镇长说："我绝对不行。医生已经最后通牒，胆固醇、血压、血脂，三高，再不节制，恐怕就要奔火葬场了。而且你们也知道，我见酒就……还是眼不见为净。"

　　"我已经是泥菩萨过河，"尚副书记从口袋里抽出两张请柬，"也是今晚的。"

　　"啪。"滕镇长把请柬往桌上一摔："要说困难，谁没困难？我也有病嘛，什么胃黏膜脱落症，弄不好也要住院。怎么办呢？克服嘛，特别是我们一班人，要拧成一股绳，想办法克服目前这种困难！这样吧，今晚大家就坚持一下，分头去应酬，能者多劳。从下个礼拜起，除王书记胃病住院外，我们四个轮流值班，一、四小尚，二、五老尹，三、六老茅，礼拜天我，除了非去不可外，谁值班谁去赴宴。"

"这个办法好，我同意。"尹副镇长说，"不过，你镇长搞特殊，我不同意。我老了，应该少安排。"

茅副镇长说："我身体不好，礼拜天还是我值班。"

滕镇长满脸不悦，一挥手，说："算了，礼拜天谁值班也轮流，每个月轮一次，就这样。"

兄弟姐妹

贾伯老病突发，不等抬到医院，便直奔阴府。八旬而终，算是喜丧，但儿女们仍不胜悲痛，老父去得匆匆，连句话也没留下。

儿女们齐心协力，体体面面地给老父办了后事。众邻齐夸，说贾伯有知，定含笑九泉。

不料，分家产时，兄弟姐妹竟吵翻了天。老四贾明和老六贾清为争一张楠木桌，几乎拔拳欲打。

老大贾宋拍案大喝："放肆！要打架到外面去！为一张桌子，脸都不要啦？"

兄弟俩怒目相视，各自退回座位。

贾宋正色说："现在我说，父母在世，我们兄妹六人都尽了孝心，所以，不管男女，都分一份。父母勤俭一生，没留下什么家产，大家分分，主要留个纪念，这是第一。第二，我，只要床上这张竹席和皮枕头，留个纪念。其他的家产，分成五份，编上号你们抓阄，就这么定了。"

"慢。"老二贾元按了按手说，"大哥做了榜样，我也免了吧，要个挂钟就行了。"

贾宋抱着席枕回到家，妻子骂他傻，他拍拍皮枕头："枕头里有一张存折，三千块钱！元旦那天，父亲叫我去存的，我看见他塞进枕头里。嘿，我傻吗？"说完，他抄过剪刀，一剪扯裂枕皮，揪出棕团，却不见存折。他挨鞭似的一跳，奔出门，骑车赶到银行，要求挂失。

营业员查翻底册后，说："存款昨天已经取走了，咦，好像……就是你取的嘛。"

"是老二！肯定是老二！"贾宋气急败坏地骂道，"这狗杂种！刁！"

棋赛轶事

国庆前夕，机关围棋协会举办第四届围棋赛。经过两天三轮的比赛，"三连冠"的池局长和上届亚军常科长，分别过关斩将，进入决赛。

决赛这天，会议室里布置一新，临墙桌上摆着冠军奖品——一副大号云子围棋。

下午三点，池局长提着一个小旅行包，在人们的簇拥下，走进会议室。他把旅行包搁在桌旁，往棋盘前一坐，执黑棋先行。开局，他布下三连星，争取外势。常科长挂上无忧角，稳占实地。至中盘，黑棋已呈大模样，其势气吞山河，欲冲宇宙。

大家纷纷赞叹："好个'宇宙流'！武宫见了要跳楼。"

"黑棋棋形真美啊！"

"我看，这局棋可以编入棋谱。"

常科长一阵思考，然后缓缓摇头，说："无懈可击。我输了。"

池局长中盘获胜。局办公室主任兼围棋协会主席老沈向池局长颁发了云子围棋："池局长，'四连冠'！真是宝刀不老啊！"

全场掌声雷动。

池局长将云子围棋摆在桌上，又从旅行包里抱出三副崭新的云子围棋，摆在桌上。

全场顿时肃静。

池局长扫视全场，说："承蒙大家'厚爱'，使我这个局长大人'四连冠'，对此，我表示感谢！明年初，我就要离休，不能参加下届棋赛了，今天在这里，向大家告退。这四副棋，是四次冠军的奖品，扔在家里也没用，就赠送给围棋协会，让大家有空也可以下下棋。沈主席，笑纳吧。"

全场掌声雷动。

老沈动情地说："池局长，离休了还可以参加棋赛嘛。明年，我们还请您来参加！"

池局长说："参加可以，不过，那就赢不了你们喽。"

保姆菊子

　　高宝到保姆站为儿子宝宝雇保姆，一眼看中菊子。他拍拍摩托车后座，对菊子说："走吧，我雇你了。"

　　菊子冷眼望着高宝："说走就走啦？你家有彩电吗？有冰箱和洗衣机吗？"

　　高宝说："有，都有。"

　　菊子拎起帆布包，跳上后座说："回家吧。"

　　菊子带孩子很有一套，连哄带骂，把娇惯的宝宝训练得服服贴贴，三天后，吃喝拉撒便能自理，还能干点力所能及的家务小事。

　　高宝夫妇见状心痛欲裂，但见儿子能吃会睡，且日益热爱劳动，也就化痛为喜了。不过，几天来，他们发现儿子食量猛增，肉蛋牛奶所需量翻了两番，以往一斤上排能吃三天，现在一天便光，心中不免生疑。

　　这天，高宝下班回来，见菊子坐在彩电前，抓着大号搪瓷缸，边看电视边啃上排，心中顿时释疑，等菊子吃喝完，他说："哎，菊子，以后我们大人吃肉片汤，这些上排什么的留给宝宝吃，好吗？"

菊子摇摇头："不嘛，肉片汤没味道，我在家里从来都不吃。"

连日持续高温，四邻孩子日夜难眠，哭嚷不断。独宝宝不为热扰，睡眠尤好。这天高宝提前下班回来，开锁推门，见冰箱双门大开，菊子贴坐在冰箱前，两脚架在冰箱内的隔层上，不由冒火："胡闹！"

菊子收脚愤然站起："你们在厂里都享受高温保健，我只享受点冷气还不行吗？你也太不公平了！"

高宝无言以对，便去抱儿子，见儿子正睡得香沉，只好去做饭。做完饭菜，他对菊子说："菊子，去把宝宝叫醒，吃饭了。"

菊子摆着碗筷："先吃吧，他还要睡呢，下午才给他吃了半片安眠药。"

项链

　　小曼花了三十元买了一条仿金项链。三十元虽是笔不大的款数，但买前她却下了不小的决心。

　　这条项链做工精巧，形色兼备，足以乱真。小曼站在柜前，双手捧着项链，一时难以释手。售货员再三催促，她只好交还项链，转身离去。走到店门口时，一股诱惑力迫使她驻足，她一咬牙，疾步返回柜前，从挎包里掏出钱夹，抽出三张"工农兵"，扔在柜台上，一把抓过项链，紧握在手里，跑回家去。

　　次日，小曼穿上低领连衣裙，往脖子上抹了点润肤霜，戴上项链，对着镜子看了半天，然后抿嘴一笑，拎起挎包，上班去了。

　　小曼一进厂门，碰见同班的马丽。马丽见状一愣，又眨了眨眼："哟！金项链！贼亮哎！几K的？"

　　小曼手掩项链，侧头一笑："无可奉告。"

周末之晚，小曼与女友到广场舞厅去跳舞。跳完出门，与女友分手后，她匆匆往家走，刚走上街道，一人冲到她背后，拽下她脖子上的项链，便往前逃。

小曼惊吓欲瘫，待定神再看，见抢者是个瘦姑娘，心中陡生斗争之勇。她大喊一声："抓强盗啊！"跃身便追。

小曼越追越勇，越追越近，只剩一臂之近时，她伸手欲抓瘦姑娘的后领，不料却抓下一个链状物。瘦姑娘一躲闪，跑进一条黑巷。

小曼收腿停追，大口喘着气，心里万分沮丧。突然，她意识到手中的链物，摊掌一看，竟是一条足金水波项链。

电话铃响

"叮铃铃，叮铃铃，叮铃铃——"电话铃响。大家坐着，没人去接。

靠近电话的冯小琳，朝邻桌简佳佳斜了一眼，想："电话离我最近，就该我接？我成了话务员啦？不接！反正我没约会。"

"偷瞄什么？以为我没看见啊？"简佳佳撇了撇嘴，心里说，"你不接啊，我更不接。"

"叮铃铃，叮铃铃，叮铃铃——"

宋红燕合上《大众电影》，抓过一份资料，心里气道："怎么都不接电话？难道叫我这个四十多岁的老太婆去接？现在年轻人太不像话了！"

"会不会是亮亮他奶奶打来的？"夏梅心里嘀咕，欲站又坐，"就你贱！坐着，看谁贱骨头！"

"……"电话铃息。大家松了一口气。

"哟！沉得住气，楼下分西瓜都不要啦啊？"打字室陈雪怀抱西瓜，站在门外叫道。

大家夺门而出，俯奔底楼行政科，围住办事员田军，责问："分西瓜为什么不通知我们数据室？看看，大的全让人挑光了。"

田军争辩："我刚挂电话上去，没人接啊。"

大家嚷道："什么时候挂的？我们都在上面，怎么会没人接？"

"见鬼了。"田军搔搔头，抱拳道，"姐妹们，得罪了。我给你们抱几个大的瓜来。"

大家托抱着西瓜，说说笑笑，登楼回到数据室，各自放好西瓜，坐等下班。

"叮铃铃，叮铃铃，叮铃铃——"电话铃又响……

采访

　　郝主任引着姜记者走进厂长室。饶厂长堆起笑脸，起身迎客："谈完啦？谈得怎么样？"

　　姜记者拍拍采访本："太有收获啦！郝主任介绍了这两年厂里的巨大变化，真叫人难以置信。可以想象，不是厂长管理有方，是不可能……"

　　饶厂长摆摆手："不不，关键是党的政策好。"

　　"这当然，这是大前提嘛。"姜记者说，"但是厂长的作用显然也是重要的。不然，为什么同样的政策，有的企业却搞不上去呢？所以，我想这次采访除了写篇通讯外，如果总编同意，我再写篇专访厂长您的文章。"

　　饶厂长说："好好，感谢您对我厂的大力支持。"

　　姜记者百般深情地摇摇头："真不容易啊！厂长，关起门我说一句中肯的话，厂长您的的确确是位优秀企业家！不过呢，在采访中，我也感到一个明显的问题，就是我们厂向外界宣传不够。一位优秀企业家必须重视企业和产品的声誉，这除了通过新闻媒介塑造本企业的形象外，再就是通过广告宣传，反复刺激消费者的记忆神经。而我们厂恰恰这方面做得不够。不过，如果我们厂想登广告，我倒可以帮忙，我们报发行五十万份，覆盖全国的城镇乡村，而且价格优惠，登一整版广告也不过八九千块。厂长您看看，登一次吧？"

饶厂长思考片刻，说："好吧。"

姜记者击掌叫道："太好了！这样的话，我就可以去跟总编说说，估计专访文章不成问题了，甚至，还可能配上厂长您的大照片。太好了！太好了！"

综合检查

十点半，街道办老楼带着一帮人，跨进绝味菜馆。菜馆戴经理一愣，随即堆笑迎客。

"戴经理，这是管水电的老年，这是管卫生的老侯，这是城管的老严，还有，这是管精神文明的小谷，笔杆子，那一个，是联防队的小航，你认识。"老楼介绍随行人员后，又说，"最近我们要对辖区内有关单位进行综合检查。今天到贵馆，戴经理看看，百忙中接待一下吧？"

"客气了不是？别说百忙，就是千忙万忙，也要接待。总之，热烈欢迎！"说完，戴经理引客登楼，步进"雅韵厅"的休息室，请客入座。

一位身着旗袍的小姐给客人递上烫香的方巾，又在茶几上摆下可乐罐和"三五"烟。

戴经理说："各位稍坐，我去准备一下。"

时过三刻，戴经理走进休息室，合上磨漆屏风："各位，来来，入席。"

厅中的仿石圆桌上摆满名酒佳肴。

老楼拦住戴经理，严肃道："这像话吗？我们是来检查工作的，怎么能大吃大喝？退一万步说，即使要吃饭，每人一碗面，也就行了。"

戴经理说："这些菜，就是我们菜馆的'产品'，各位不全面品尝，检查起来，心里就没数。"

"这倒是。"老楼说，"不过，这一吃，我们的工作计划就打乱了，时间怕不够。"

戴经理说："边吃边谈嘛。"

老楼对随行人员说："既然戴经理再三请我们，再推辞，就见外了。来吧，大家就简单吃点。"

姜老汉来信

老贾兄弟：

你好啊！看到大彩电里，牛队又抓下头彩，俺老汉心里高兴啊！大乔这孩子真出息，最后那个球，一球定乾坤，了不起的大功臣！可俺说你老贾兄弟功劳也不小呢，领兵打仗，活像当年李世民。俺这些天看下来，要说真紧张，还是牛队跟马队那七场球紧张，那可真是牛头对上了马嘴，特别是第七场，紧张得俺老汉憋着尿都没敢上卫生房。看到牛队赢了球，俺真想烙几张油煎饼子，给你们送去，犒劳犒劳你们。

可昨晚上饭桌上，俺听小儿讲，牛队可能不保，要散伙，这把俺老汉急得一晚没睡着觉啊，干睁着眼焦急这事儿。早上俺问小儿，老贾你是啥态度呢？小儿说，爹，就是老贾不想干呢。说你跟他们头们合不来，经常吵嘴，还劝大乔也别打了，正好收摊，说啥大乔那一球正是收摊的最好一球。俺糊涂了，孩子娃娃整天拴在一起，打球闷得慌，闹着要散伙，倒也说得过去，可老贾兄弟你，为人师表，也跟着瞎闹，这就怨不得俺老汉要说你两句。

先说大乔吧。大乔这孩子俺知道，篮球是他的命根，这么多年就盯着这球，不抽不赌，不跟娘儿们瞎搞，为啥呢？就是想把篮球搞上去。爹都让坏小子害了，大乔心都碎了，可歇了两年又上阵拼杀，连着抓下三头彩，真出息！有种！俺老汉有时胡琢磨，大乔这孩子就是天上下凡的真龙天子！虽说抓下了半打头彩，可俺看得出来，大乔并不想散伙，还想抓下个七头彩、八头彩。他把话都说白了，说这得有你啊、大皮啊共保江山，话都说到这份儿上了，也看得出这孩子的真心。依俺老汉说，这正是大乔过人之处，他神就神在这儿。怕输，躺着吃老本，这是软蛋。接着打，接着拼，抓不着头彩，败下阵来，虽败犹荣！说不准还真给你抓下个七头彩、八头彩呢！这都要你带着孩子们接着打，接着拼啊。老贾兄弟，你说对不？

再说你老贾兄弟吧，就凭你领兵有方，抓下过半打头彩，让你们政府给你安个体育部长也不过分。可你就为跟头们吵吵嘴就不干，要去学打坐，这划得来吗？吵吵嘴算啥事，俺当组长那阵，跟队长不也是三天两头吵嘴，吵归吵，吵过了还不照样干活？为吵嘴把大事儿给废了值吗？大老爷们儿啊，怎么能跟娘们儿一般见识呢？又说你老贾兄弟是想学个一年半年的打坐，打坐是修身养性的事儿，可也别猴急啊。还怕师傅不教你啊？俺乡里后山老庙那大法师方圆几百里的有名，跟俺关系也不一般，你要来俺乡里学打坐，俺让大法师教你，还管你饭。保你O那个K！

另外，有一件小事，俺憋在肚里一直没说，今个俺也捎带跟你说了。你老贾兄弟在场子外边统领三军，手脚比画着，穷喊穷叫，这都没啥。常见你嘴里咬着两小指头吹口哨，你知道不，那模样就跟俺村东头的二愣子一个样，欠雅观，跟你三军统领身份不配。俺意思是你别吹那个口哨，改用硬纸片话筒卷，又雅观，声儿又大。

跟你老贾兄弟扯球，就跟诸葛孔明摆兵法一个样，难免走样，你别见笑。话说重了，你也别往心里去。俺老汉的意思就是请你接着领兵接着打，用俺小儿常说的一句话，叫啥再创辉煌。到那一天，俺请你老贾兄弟来俺家，咱哥儿俩炕上一坐，好好喝两盅，说说篮球那往后的事儿，如何？

姜老汉

戊寅年闰五月初三子时于小柳村

代表团出国

飞往东京的班机即将起飞。出境的旅客鱼贯而至。姜小乐站在旅检台里，仔细检查旅客的行李。

一位戴茶色镜的瘦者打开两个皮箱。一箱装放衣物，另一箱塞满快食面，约有两百包。

"带这么多快食面？"姜小乐随口问道。

瘦者矜持一笑："我有胃病，不吃米饭。"

随后一位满面油光的胖子打开皮箱，箱里也塞满快食面。姜小乐抬头问："怎么？你也有胃病？"

胖子伸出大拇指："小同志，好眼力！别瞧咱肥得流油，可胃这玩意儿可不地道，怕凉，东洋那生鱼片咱吃不来，非得国产方便面不可。哈哈，是吧？团长。"他转身笑问身后一位中年人。

中年人含笑首肯，同时慢慢打开皮箱，露出满箱的快食面，箱角还塞了一个电热杯，杯里塞满袋装榨菜。

第四位、第五位直至最后第十三位，人手一箱快食面，且个个"胃病"。

姜小乐纳闷，便问第十三位"胃间歇性绞痛患者"："你们代表团全有胃病，应该带个医生，不然出了问题……"

"胃间歇性绞痛患者"按了按手，"请您放心，这是常见病，我们自己能料理。谢谢您。"

自助餐

  自助餐越来越为人们喜欢，这是因为它品种多，自由取食，价格相对便宜。人们喜欢，商家们便不失商机，自助餐饭店也越开越多。康州的城市，中餐西餐，自助餐形式的饭店不下几十家。

  高档者如东王朝，推出中西合璧、多国特色的自助餐，兼有高档装潢，把自助餐形式与内容又推上一个档次。工薪阶层可以享受，高贵阶层如名校耶鲁有时也选择在东王朝开开宴会。可见它在便宜中，也含有尊严。

  去吃自助餐，最好是空腹而去，特别是饿到两眼冒星。冲进饭店，面对上百种热冷美食，那种掠夺性的狂扫，连续吃它三五盘，有一种酣畅淋漓的痛快，初步解决饥饿问题。然后阶段性地小结，或者心平气和地回味片刻，以决定第二阶段的计划。第二阶段往往是重点品尝，对那些自己喜欢的食品，或者今天感到可口的菜肴，再进行重复品尝。如果延伸还有兴趣，还可以再次品尝。而对其他平时无暇光顾，不吃未免可惜的食品，也往往象征性地品尝一点。到这时候，你腹圆肚胀，食欲和兴趣都降到了零点，或是"味"有余而"欲"不足，才安心"离退休"。

这就到了关键时刻。此时此刻，坐在座位上，气吞山河地扫视着上百种菜肴，心中便有很深刻的占有欲和富足感：啊，我占有如此之多的食物，我对它们享有至高无上的权力，我现在随时都可以取食，想吃什么就取什么，并且是取之不尽，只是"朕"现在不愿吃罢了。这时候你精神上豪迈得不得了，所获得的享受远比生理上来得多。这种占有欲和富足感，应该是吃自助餐最美妙的感觉。

但是，一旦步出自助餐饭店，肚子饱胀，人就开始难受，嘴里索然无味。东西再好，也经不起多吃，东西吃得多而且又杂，那种混杂着种种美味经过胃锅里胡搅，综合起来的味道那真是要了命。这时候，你可能对自助餐丧失好感，今后回头再吃的念头荡然无存。有减肥者可能还有痛苦感，后悔前来此"吃"。

想起了点菜"堂吃"。从容地步进饭店，择位坐下，面对菜谱反复琢磨后，点上一两道菜。虽然品种少，菜量有限，但由于好吃而且自己想吃，那种享受就精致得多。感觉到这盘菜好吃，但量少没有了，你无法重复品尝了，这时候就留有极大的想象空间，来回味刚才的美味和感觉。那种回味又延伸出新的期待，期待着下次再来。因此走出饭店，那种回味和期待，让人有一种相当美妙的享受。有限的品尝带来了无限的遐想。正如有一句话说：吃不如想痛快。

　　前几天到好友沈兄饭店，见到一位金发女郎，拥有职业女性的优雅，独自坐在靠窗的桌前，一边看书，一边品尝日本料理。看了一阵书，才拿起筷子，慢慢夹起盘中的一块生鱼片，蘸点作料，然后庄严地送进嘴里，先抿住嘴，慢慢地咬，又细细地嚼，边嚼还边看着书，享受尽了美好而缓慢的过程，带着生理和精神双重满足后，才隆重下咽。

　　那种庄严和隆重，让你感动得一塌糊涂。

路队长大宝

　　大宝是一年（3）班新村一路的路队长，每天放学，便带领班里七位同学排队回家。大宝认为这是很重要的工作，因此极负责任，曾受到老师三次口头表扬，还挂了一次小红花。

　　"立——定！"大宝每见路队弯扭，必定叫停整队，毫不含糊。

　　路队停住。大宝走到队首，伸臂对着路队："钱多多！你歪了，赶快排直。"

　　多多不听指挥，反将身体歪出路队。

　　"我给你打叉叉！"大宝掏出簿子和笔，写下：多多"×"。

　　多多连忙排直。于是路队才走。

　　"牛安娜！你讲话了。立定！"大宝掏出簿子和笔，写下：安娜"×"。

安娜惊恐地望着大宝："你不要给我打叉叉嘛，我不讲不行吗？"

"不行。"大宝说。

于是路队又走。前面一位老太太推着冰棒车走来。小米突然跑出路队。

"刘小米！你回来！"大宝拖住小米。

"我嘴巴干，买冰棒吃。"小米说。

大宝掏出簿子和笔，写下：小米"×"，然后递给小米看："你看啊，我把你名字记下来了，我告诉老师。"

小米搔搔头："好好好，我请客，每人一根冰棒。"他当即掏钱，买了七根冰棒分给大家。

大家高兴地吮吸着冰棒，拥着小米往前走。大宝嘴巴含住冰棒，抓笔涂去小米后面的"×"，又打了一个"√"。

大宝破例灵活处理了一次。

柴主任开会回来

　　柴主任从省里开会回来。次日上班，他一进机关大门，迎面便碰到石部长。

　　石部长握住柴主任的手，用力摇了摇，说："啊呀，这次开会辛苦啦。看看，瘦多了。"

　　柴主任笑眯眯地说："可不是嘛，这十几天，忙得够呛。说得不雅，连个放屁的工夫都没有，十二天时间，开了整整十天会，晚上都开，剩下两天，到办事处开了一天会，又跑了几个单位，要钱，磨破了嘴皮子，会议安排游览，都没空去。而且，腿病又犯了。"

　　石部长说："这几天好好休息。"

　　柴主任说："哪能啊，回来事情一大堆，单那堆文件就够呛。不瞒你说，昨晚看了一夜。"

　　两人感慨万分，握手而别。

　　柴主任刚迈腿上楼，碰上王科长。

王科长双手紧握柴主任的手："老主任，好久不见了。"

柴主任说："到省里开会去了。"

王科长望着柴主任："老主任，胖了，胖了，气色也好。"

柴主任说："可不是嘛，在家，是里里外外都得操心，连个放屁的工夫都没有，能不瘦吗？这次脱身到省里，才开了十几天会，人就胖了，身上尽长肉。不瞒你说，到外面开会，就等于疗养。嘿嘿，你看吧，回来不要几天，一准掉肉。"

"柴主任，回来啦？"通讯员小陈跑上来，问候，"柴主任好像瘦了，眼睛都塌进去了。"

"可不是嘛……"柴主任看了王科长一眼，"是吗？"他摸摸下巴，"嘿嘿"地笑了。

马娘

　　机关召开大会，动员义务献血。会后，各科室组织讨论，报名献血。

　　马娘一拢披肩烫发，高举手臂："我报名！第一个报名！记下啦？我是六十年代的老党员了，高中就入党了，那时候，心里想什么呢？只有一个念头，把一切交给党安排，刀山敢上，火海敢闯，生命不惜！我的老领导讲过，噢，就是现在省里的向部长，他说，作为一个党员，应该整个儿姓党。你们听听，这句话多深刻！我是一辈子都不会忘记。前个月，我碰到老向，还谈起了这句话，我问他：你还记得吗？他连连说记得记得。是不是？我们老一辈感受太深了！我希望我们党员要带头，带领全科同志，卷起袖子，做到百分之百的献血！"

　　次日献血，马娘排开众人，卷起袖子，冲到医生面前："医生同志，请你第一个抽我的血，我的身体好。虽然我过去得过肝炎，但已经治好了，只不过现在有时有些疼，但是，没什么关系。请你先抽我的吧！"

医生说："那不行，有肝炎史的人，是不能抽的。"

马娘急得拉住医生的手："哎呀，怎么不能抽？我现在好了嘛，虽然有时有些疼，但是又有什么关系呢？我恳求你了，一定要抽我的血！而且要第一个抽，我是老党员了，我要带头啊！"

医生说："不能抽就是不能抽，这是规定，这跟带头毫无关系。"

马娘转过身，对着众人怒声说："真是岂有此理！医生硬是不让抽，不讲道理嘛，他有什么权利阻拦我献血？是不是？……"

"马太哈"

　　他比马大哈还马虎一点，大家叫他"马太哈"。马虎使得他吃尽苦头，但也使他意外地获得了一次爱情，那是他平生唯一的一次爱情啊！

　　那年夏末，"马太哈"到省里培训，住在招待所。一晚，他到走廊洗漱间打了一盆水，双手端着走回房门口，背身用臀拱开房门，转身欲进，却见同班女同学舒玉身着短裤胸罩，正躺着看书。舒玉惊叫一声，急忙用书遮体。同学们听到叫声，纷纷夺门跑来。

　　"马太哈"背身站着，责问："你怎么随随便便跑到我的房间？还躺在我的床上？而且，只穿着……"

　　舒玉哭叫："你瞎了眼了！这是你的房间啊？"

　　"马太哈"一看门号，方知错走到隔壁的女同学房间。

　　此事成了笑谈，以至舒玉抬不起头。过后，"马太哈"每见舒玉，总要向她赔罪一番。舒玉觉得他虽马虎，可人倒挺可爱。几来几往，两人竟谈起恋爱。分别后，日日鸿雁飞传，夜夜望月痛想。

一天，"马太哈"通读了《情诗大全》，精选改编了三首，附录情书中，寄给舒玉。几天后，他收到舒玉厚信，拆看竟是自己写的情书，而且页页被红笔怒叉，眉批："你这个道德败坏的伪君子！你既然跟王姑娘谈恋爱，为什么还要再跟我谈恋爱？你为什么把写给她的肉麻情书寄给我？你居心何在？"他顿时傻眼，待定睛细看，才知自己把爱称最最亲爱的"玉"漏写成最最亲爱的"王"。尽管他连连写信更正解释，但封封被写上"查无此人"，一一退回。

如此，"马太哈"平生唯一的这次爱情，终被他的马虎毁于一旦。

老文节水

秋末，机关大院住户都安上了水表。

当晚，老文对家人宣布："以后洗衣服、洗菜、洗米，都到大院水龙头去洗，大便，也下楼到厕所去，抽水马桶尽量少用，争取不用。"接着，他又对一水多用的用水新规作了补充说明。

立竿见影。儿子文才次日刷牙，把刷牙水全倒进月季花盆里，把怒放的月季浇得东倒西歪。老文悲痛得直敲儿子的脑袋。

文才毫不畏惧："我浇花啊，刷牙又浇花，一水多用嘛。"

老文强忍悲痛："我的儿子，月季是娇嫩的植物，牙膏水含有强烈的刺激素啊，用它浇花，那花有生命危险，你懂吗？你可以对着抽水马桶刷牙，冲洗冲洗马桶嘛。"

作为家长，老文从我做起，厉行节约，极少在家用水，有时半夜出恭，也下楼到厕所去。一天夜里，他肚子不适，披起衣服欲下楼。文妻说："跟你说了多少遍了，深更半夜还下楼，你也太过分了吧。"

"过分？人民币就在这过分中抠下来了。"老文拉开门，缩着身子，摸黑下楼去了。

老文着了凉，导致严重腹泻。几天下来，人瘦如枯柴，眼窝深陷，面色苍白，散架似的瘫在床上，痛苦地呻吟着。

文妻说："看看，生病了吧，得不偿失。"

老文撑起身子，指着妻子："你，懂个屁！生病……有什么？公费医疗，全……全部报销！"

庆贺

收到调函，老费含泪跑向宿舍，关起门，蒙被痛哭一顿。十五年来，为调回家乡工作，他历尽千辛万苦，如今终于调成，他却感到悲伤。

"嘭！"老雷破门而入："放血放血！你得好好请客！操！没我老雷去说情，他厂长肯放你走？慢说十五年，五十年你都走不了。嘿，怎么样？我老雷还有点面子吧？"

老费抹泪点头道："多亏你帮忙。"说着，他从抽屉里摸出几张"工农兵"。

老雷说："别舍不得！去买瓶'西凤'酒来，再买只烧鸡。算了，还是我去买，你把电炉插上，先烧水泡茶。"他抢过钱，抓起钢精锅，大步走出门。

老费插上电炉，正要烧水，计科长踱进宿舍，他拍拍老费的肩，说："调函到啦？唉，真难啊！我帮了那么多人搞调动，没有一个像你这么难。上上下下，说了多少次啊！最后，我摊牌了，跟乔厂长说，再不放老费，实在说不过去啦……"

"哎呀！费师傅呀！恭喜呀！"陶石嫂点着碎步，风似的飘进宿舍，"这下好了！牛郎生活，到此结束，可以回老家了，跟老婆孩子一起过日子了。"

老费连连点头："多亏你们帮忙。"

"这忙还不应该帮呀？"陶石嫂说，"这几年我是一直盯着老陶，说费师傅的事，你可要放在心上噢。我怕他事多，忙起来就忘掉了。不过也怪，他一直记着你的事，有机会就催，总算，老乔开恩了。"

小束持筷敲碗，闯进宿舍："太惊险了！邮递员一来，我就有预感，今天肯定有费师傅的信，一翻，真的有，再一看信封上的落款，我就知道是调令了。我拿起信就找费师傅，找了老半天啊才找到费师傅，腿都快跑断啦。还好我看到这封信。不然万一丢了，那就没戏唱了。"

"会议情况"

　　姚科长翻开会议记录本，用铅笔敲敲办公桌："大家谈谈昨天下厂开设备会议的情况。还是老规矩，按姓氏笔画，马、曲、何、梅，小马先来。"

　　"差劲！我算是亏了。"小马迸出两句，头扭向一边。

　　小曲会意一笑，用手指点点小马："马儿啊马儿，你慢点走呀慢点走，谁叫你抢着要去二厂呢？"

　　小马扭回头，双手一摊："真是活见鬼了，那个新上任的叫什么的厂长啊，连这点常识都不懂，中午每人半斤炒面，上面装模作样放些肉丝，一桌一盆紫菜蛋花汤。笑话！简直是开天辟地！好了，下午啊，大家情绪全没了，我说这个厂长实在是……这还怎么领导改革？哪像过去吴厂长……"

　　"嘿嘿嘿……"小曲幸灾乐祸地偷笑，"我们那边嘛，不错，八盘四碗共计十二个菜，亚国宴水平。"说着，他瞟了小马一眼，从口袋里摸出一本精致的小蓝皮本，翻着寻视："在这里，有白炒香螺片、鸡汤水晶肉、干炸五味肝卷，啊，芙蓉梅花虾、银鱼抱蛋、香露河鳗、花菇烧蹄筋，特别是这道花菇烧蹄筋，我要特别特别地强调一下，这道菜实在是很有一番讲究，那个、那个味道，啊，怎么讲呢？那个味道啊……"

"荤里带素，汁浓味爽，油而不腻，清香适口。对吧？"老梅抱着保温杯，笑眯眯地说道。

"对对对，老梅概括得极其准确，到底是行家。不过，老梅是针对汤汁而言。而我要强调的是，那个蹄筋，蹄筋！煮得实在是妙不可言，柔软。但是呢，又带有那样那样的胶质，一咬，咝——那厨师水平实在是……如果到美国开菜馆，保证基辛格带着叉子，天天登门品尝。"小曲说。

"你说的那个厨师啊，就是他们厂里刚从'味中味'饭店调进来的呀。"老何尖着嗓音，慢悠悠地说。

"难怪难怪。"小曲连连感叹。

"那可是一级厨师呀，还有什么话讲呢。小菜烧得好不好，全靠手艺高不高呀。"老何深有感触地说，"昨天五厂啊，就存在了这个问题呀。我吃第一筷子的时候，就知道这个厨师的水平了，一问他们行政科长，果然不错，是个小青年。小青年知道什么呢？跟我那个老头子水平差不了多少。虽然他们的菜都是新鲜货，那些黄花鱼啊，鲢鱼啊，马鲛鱼啊，鲳鱼啊，市面上看都看不到。哎，他们还真有办法啊，还弄到了那么多新鲜鱼……但是呢，统统都被糟蹋掉了。根本的问题就是作料放得不清不楚，鲳鱼清蒸好了，才倒老酒，而且倒得好多好多，结果呢，鱼汤好像老酒一样。老酒怎么能在鱼蒸好了才倒呢？应该在鱼蒸的前面倒嘛，这样的话，才能把鱼的腥味蒸发掉。老梅是不是啊？那盘红烧黄花鱼，也是这样，倒什么虾油在里面。你们想想，黄花鱼本来腥味就很重了，再倒虾油进去，那不是火上浇油吗？哎哟，真是一塌糊涂……不过呢，话说回来，那碗包心鱼丸还是蛮不错的，全是鲜鳗鱼打的，煮好了，一个个发得又大又圆……"

"发得大，那是地瓜粉打的，不能算全真鱼丸。"小曲说。

老何纠正："不对不对，是鲜鳗鱼打的。"

小曲说："怎么可能呢？"

"哎，这个我们还是要凭良心讲话的。"老何有些激动，"开会开一半的时候，我到食堂去看到的，确实是鲜鳗鱼打的。"

"不可能。我不信，鲜鳗鱼打的不可能发得那么大。"

"不相信啊，可以问老梅。"

"呵呵呵，"老梅矜持地笑了笑，"老何讲得有道理，小曲讲的，也不无道理。这种鱼丸是鳗鱼打成的，问题在于，地瓜粉掺得太多，有失比例，冠以全真鱼丸，较为勉强。真正的全真鱼丸，鲜鱼肉与地瓜粉的比例应是二比一，就是说，一斤鲜鱼肉掺进半斤地瓜粉，这样打出来的鱼丸，松紧适宜，清爽鲜美，富有弹性。"

小曲连连点头："行家，行家。哎，老梅，你们昨天怎么样？评论评论。"

"呵呵呵，"老梅瞥了姚科长一眼，摆摆手，"难以奉告，难以奉告。"

小曲摊开小蓝皮本，拔出钢笔，指着老梅："一定说说，而且要举例说明。"

"呵呵呵，"老梅拧开保温杯盖，呷了一口烫茶，"好吧，却之不恭，我就略谈一二。昨天三厂办的便宴，堪称佳肴。只有五菜一汤，量少但不失精致。全宴集中体现了闽菜的传统风格，四个字，甜、淡、酸、汤——甜而不腻，淡而不薄，酸甜爽口，汤重清鲜，可谓奇妙无穷。更妙之处在于品尝之后，时至今日，仍然回味未尽，味留五脏六腑不散。见笑见笑，还是请我们姚科长谈谈吧。"

"对对对。"小曲、老何、小马不约而同，齐声应道。

姚科长把记录本往桌上一扔："唉，昨天他们厂里没办伙食，大家自己掏腰包买饭票，到食堂打饭吃。"

举座惊讶。

"哈哈哈——"小马突然昂首大笑，"想不到咱们姚头比我还惨呢。哈哈哈——"

"莎士比亚"

　　他叫鲁小林。闲着没事，他就爱谈莎士比亚，知青点里都管他叫"莎士比亚"。他认为这是奚落，很不公平，斜着细眼，以冷漠待之。有一次，他愤愤地对我说："有他们笑我的时候，嘿，也有我笑他们的时候。看吧，历史会充分地证明！"

　　那是1969年，他才二十冒尖，别看他年纪轻轻，已有中年人的老成，嘴上不大说话，功夫全在肚皮里。当时，男青年一般都兴剃小平头，唯他留长发，蓬蓬松松，不大修理，表示他不入政界。

　　一接近，他就喜欢和我往来。他对我说："他们，那一些人，懂得什么叫艺术，光会'造反有理！造反有理'毛里毛气。你跟他们不一样，跟你谈得来……莎士比亚最棒的作品要算……"

　　有一次，他家里寄来一小袋粗香肠，他拉我分吃了。饭后，他翻开一个大本子，指着上头罗列的一串名字说："这些，是我的笔名。你看啊，鲁静，是我写长篇小说用的；这，牧子，写散文用的；这个，柳叶飘呢，啊，很浪漫，很有诗意，让读者去想象，去发挥，这个这个啊，绿绿的小河边啦，那柳叶啊，飘啊飘啊，这是写诗用的笔名；还有这个，鲁、肃、公，这个笔名很老气，很古雅，这是写文艺评论用的。以后啊，写出来，让广大的读者都不知道是一个人写的。到了后来，人家才知道这是出于一个人的手笔，啊！表示震惊。"他感慨一阵，又说："人啊，来到这个世界，说长一点嘛，八十年九十年，说短一点，六十年五十年，过完了这几十年，没了。所以，要珍惜它，总要活得有点伟大意义嘛，给子孙万代留下一些什么永垂不朽的东西，后人才知道，历史上还有你这个人。这样的话，你来到这个世界上，才叫不虚此行呢。哎，你说我的人生理论对不对？"

我细嚼着香肠，连连点头。

他躺下，双手托着脑后，说："我呀，没什么野心，只是想这辈子写它几本书，从鸦片战争开始写，一直写到今天的'文化大革命'，第一部叫《耻与恨》，分上、中、下三卷。我准备写信给北京的中国历史博物馆，请他们跟我合作，随时向我提供历史数据。哎，你笑什么？你不信？"

我说信。

这年分红后，他拉我上镇里，买回二十本方格稿纸，装订成册，然后一张一张翻开，写上页数，又在封页中间描上大大的正体字：

长篇历史小说

《耻与恨》上卷

鲁静著

他正要乘农闲动笔，寒冬来了。

这天，我们俩照例戴帽披衣，双腿伸进棉被里取暖。他双手捂住耳朵，说："天寒地冻，可连杯热茶都没有，哪里还会有创作灵感呢？而且天天就着咸萝卜头、酱油汤下饭，食欲不满足，头脑里的思路啊，就乱七八糟了。你看，我昨天才构思好的，今天又乱了。这叫我怎么创作？"

夏天，队里要派一个人到后山的小水库去看鱼。他毛遂自荐，背着行李去了。他说，一是有了充裕的时间，二是环境不受干扰。此时此地，写书是再好不过了。

这天，我应差给他送油米小菜，汗淋淋到了水库，推门进屋，却不见他。屋里胡乱摊着东西，靠窗桌上，一叠空白稿纸，上面压着两本《中国历史》小册子。

我爬上大堤，也不见人影，只见岸滩斜柳下的水面上浮着一顶草帽，却不随波漂动。我正奇怪，就见草帽一掀，露出他的头。

"啊啊，你？！"他跃出上身，又沉下去，"来来，下来下来，降降温。"

我扒去背心短裤，赤裸裸地跳进水里。扯了一阵别后情况，我就问起《耻与恨》。

他把草帽扣在我的头上："都构思好了，一直没办法下笔，夏天的炎热无情地折磨着我。白天要坐下来写嘛，小黑虫缠着你没办法，一咬一个大肉包，千军万马，多如牛毛，赶也赶不掉。到了晚上，凉快是凉快，蚊子又来了，而且没有电灯，点着蜡烛，看也看不清，又伤眼睛。你看看，眼睛又红了，熬夜的产物。一个人，还要割草打柴，一天三餐又要自己生火，生活不安定，你再怎么写也写不成。不过，没什么可怕，现在先构思好，等到以后招工上调，生活有规律后，一天写它两千字，《耻与恨》不要几个月就能完成。"

两年后，他招工回福州，我们便书信来往。他每信必谈《耻与恨》。他说，生活是安定了，资料也丰富了，但又有了新的苦衷，家小人挤，又是临街，城市的噪声不绝，要到夜深方休，实在是破坏创作欲。他说，书房对于创作，犹如水对于鱼。前一段日子，他登上郊野的鼓山，在朱熹的书亭瞻仰许久。他说，那才是读书作文的妙地，东可遥望旭日破山而升，南可俯视白练般的闽江，更有"哗哗"的松涛声，催人文思泉涌，难怪朱老夫子能写出不朽大作。

大约半年后，他来信告诉我，房子已经弄到，靠乌山脚下，临白马河，南有阳台，种些水竹之类，外间作为书房，绿色窗帘一拉，与世隔绝。他说，过一段时间，他就可以进入正常的创作状态。同时，他还告诉我说，近来，他厂里一位女化验员正在锲而不舍地追求他：

"……我实在是没办法。最后，我找她做了一次严肃的谈话，我首先阐述了对恋爱婚姻的观点和看法，告诉她，我有重任在身，精力有限，不能分神，在四十岁以前不考虑成家之类的事。我是不配她爱的，我劝她另找新爱。但是，她说，要等我到四十岁……啊！这是多么伟大的痴情啊！难道我能忍心割舍她的崇高、神圣而又纯洁的爱情吗？如果是那样，那我就要受到子孙万代的鞭挞。我接受了她的爱。我们相约，正确处理恋爱与创作的关系，不因前者而延误后者。她还表示，在生活上体贴照顾我，让我腾出更多的时间来完成《耻与恨》……"

这封信后，他就再没有给我写信了。有了异性朋友，把同性朋友弃于一边，也是常事，我也没什么惊讶。但是，令我惊讶的是，三年后，我招工回到福州，发现他已是一个有两岁儿子的父亲了。

他比从前更老成了，两块颧骨愈加突出，唇上的绒毛已被针状的胡子代替。

我抱怨他结婚也不信告一声。

他埋头搓软刚烘干的尿布，给儿子换上，又拍拍小屁股蛋，说："哎呀，那时候，跟他妈正打得火热。战略的重点啊，从你身上转移到她身上啦。快结婚时，本想告诉你，请你来，又想你要破费人民币，再说你还吊在农村，我进城了，还结婚了，怕你知道了，勾起你的伤感。一狠心，算了。"

我问起《耻与恨》。

他把儿子高高举起，欲抛天空，又不肯松手，说："《耻与恨》，《耻与恨》，它还没有写出来，倒先产生了你这个龙儿虎子。哈哈，也算是失中有得。"

我惊得张大嘴。

他见我张嘴，急忙吩咐妻子去弄菜做饭："现在才深刻体会到'先立志，后成家'的意义。告诉你啊，一沾上了爱情，一有了老婆，有了家，有了儿子，人就像被五花大绑一样，什么事也做不成。真的，早知道这样，一狠心，不答应结婚就好了，也不至到如今空空如也了。唉。"

这时，只见他妻子在厨房掩嘴"哧哧"地笑，接着，她转过身子说："老姜，别听他乱讲。那时候啊，我根本看不上他，可他老跟在人家后面，什么'您是我心中啊，一轮永远不落的明月'啦，又是什么，'没有您啊，我就没有生命，我就没有眼泪，我就没有感情……'等等等等，看他那个可怜巴巴的样子，我心软了，才答应了他。现在结了婚，生出了儿子，他嘴巴就硬了。"

他侧头挥手对妻子说："啰唆！做饭去，屁事不懂一个。"

我暗自一笑。

他左右摇晃身子，哄着儿子入眠，又说："儿子啊，既是宝贝，又是负担。你抓笔要写，他就闹，等你哄他睡了，你自己也累了，单是抚养儿子就够你受了，哪里还有精力来创作呢？但是，儿子要养啊，要承担起父亲的责任，要对儿子体现父爱，这是神圣的使命啊。你啊，还没有尝到这滋味，够你回味几辈子的。但是，但是啊！这里面，苦中有乐，其乐还无穷呢。《耻与恨》要不要写？要写，一定要写成功！不写出来，我这口气是难咽下去的。中国，好像是中国，有个伟大的文学家说过：学跳舞是越早越好，而做作家则是越晚越好。很有道理。说心里话吧，我心里已经算好了，等到我儿子十岁以后，我不操心了，那时候，我就可以扎扎实实写《耻与恨》……"

"名酒"

夏小爽自己打了个食品躺柜。

木料是五颜六色、七拼八凑的，但深漆一涂，遮去杂色，光亮可鉴。柜里漆上淡天蓝色，两块五厘米厚玻璃往两条活动沟槽里前后一竖，里面摆物一一可见。

一套洁白如玉的景德镇茶具，两个深棕色玻璃糖缸，四个高脚酒杯，一听茶叶罐。靠最里边，依次摆着三瓶名酒：一瓶贵州茅台，一瓶山西汾酒，一瓶国产金奖白兰地。

但是，这三瓶酒名不副实，酒瓶是真的，里面所装的却是茶和水。茅台白瓷酒瓶是小爽花三毛钱从一个地摊上买来的，装潢古雅，商标封条，完好无损，里面灌满水，往柜里一摆，依然显示出名酒之冠的绝对气势。汾酒是小爽同事送的，因为小爽帮他勉强及格的儿子从一般中学"活动"进重点中学，故以名酒赠谢。汾酒清香绵软，回味生津，令小爽难以收杯，三天后便喝尽，只剩下个空瓶。平心而论，汾酒瓶实在不怎么样，透明玻璃瓶，与一般酒瓶大同小异。但小爽认为，汾酒历史长，名气大，牌子响，曾被人推崇为"液体宝石"，酒如此，装酒的瓶理应享有些名气，如名人的衣裤鞋帽总要送进博物馆一样。空酒瓶被他灌满水，重新封盖，摆进柜里。金奖白兰地是小爽妻子珊珊单位年终发的，珊珊滴酒不沾，这酒自然由小爽喝，也是三天，酒尽瓶空。这酒瓶瓶颈瘦长，造型别致，富有洋态，是不可多得的酒瓶。小爽酒后茶余，乘剔牙工夫，往瓶里灌饱了剩余茶水，封盖入柜。

这三瓶"名酒"一摆，增添了躺柜的光彩，也常令贪杯而不明真相者驻足留步，这么狠看几眼。

这天，小爽的父亲老爽从外地来探望儿子，一进门，坐入沙发，立刻注目狠看，久久不移。

小孙子斤斤摇了摇爷爷的膝盖腿："爷爷看什么啊？"

老爽惊醒，一把抱过孙子，用满是胡子的嘴朝孙子嫩白的脸蛋上猛扎了一口："爷爷没看什么，没看什么。爷爷看看这矮柜子，有意思……"

老爽满面生光，精神格外饱满，抱着孙子，没完没了地逗乐。

厨房里，小爽夫妇忙得不亦乐乎。父亲的到来，儿子和儿媳是非常高兴。大清早，夫妇俩本着"数量少而品种多"的采购精神，兵分两路，买回许多食物，肉鱼禽蛋，应有尽有，准备好好孝敬父亲大人，报答养育之恩。珊珊忙着打下手，择洗切剁。小爽腰系围巾，一丝不苟地对照菜谱，配方调料，掌勺炒菜。

中午，珊珊挪好桌椅，摆上碗筷。小爽端菜上桌。菜非常丰盛，摆满一桌。一切就绪，小爽珊珊便请父亲上桌。

老爽满脸喜色，抱着孙子就座："哎呀，搞这么多菜啊！"

斤斤坐在爷爷的腿上，瞪着眼睛，手指数着菜："……荔枝肉，鸡，炒鱼片，鱼丸，大虾，我最爱吃大虾。"话音未落，他伸手就抓。

小爽拍了一下儿子的小手："让爷爷先吃。"说完，他走到躺柜前，拉开玻璃，取出两个酒杯，往父亲面前摆一个，又往自己面前摆一个。

老爽捏着酒杯，往躺柜瞟了一眼，怀着深切的期待。

小爽向厨房走去，一会儿，他拿着一个没有背带的行军壶进来，拔起壶塞，往父亲杯里倒满酒："爸爸，您品品，地道'四特'，别看是散装，还是托人走门路买的。"说着，他也往自己杯里倒满酒。

老爽脸色骤然阴沉。他慢慢举起酒杯，闷头呷了一口酒。

"怎么样？爸爸。"小爽问。

"嗯……"老爽含含糊糊答道。

珊珊端上最后一碗鸡汤，也入席就座。她抓起筷子，给公公夹菜。接着，小爽给父亲夹菜。接着，斤斤给爷爷夹菜。

老爽碗里的菜层层叠叠，危如累卵，他挥挥筷子："好，谢谢了。"说完，他闷头喝了一大口酒。

小爽和珊珊感到异常，看了父亲一眼，两人又对看了一眼，有点莫名其妙。

小爽问："爸爸现在还常喝酒吧？"

"常……不常，回去后不喝了。我老了，喝酒的岁月过去了。"老爽说。

小爽说："不喝也没必要。爸爸以后买些好酒喝，少喝点，每天喝它这么一杯，对身体还是有好处的。"

"好、好、好！"老爽昂头喝干了一杯酒。

小爽和珊珊又对看了一眼，真莫名其妙了。

小爽给父亲倒满酒，小心翼翼地问："爸爸，菜烧得不对胃口吧？"

"对……对胃口。"老爽答。

"那爸爸多吃菜。"小爽说。

老爽抬头盯了儿子一眼，抓筷夹起一块荔枝肉，抖抖地塞进嘴里，嚼了好一阵，却咽不下去。

整个过程，老爽喝酒多于吃菜。他闷着头，大口大口地喝酒，喝得满脸铁青，老筋暴突，两眼散着迷糊的光。最后，他昂头喝干了杯中酒，把酒杯往桌上一搁，站起身说："你们吃吧。"

小爽说："爸爸还没吃饭呢？"

老爽说："饱啦，我已经……饱啦。"说完，他走进里屋，往藤椅上一坐，一动不动。

珊珊扭头问丈夫："爸爸今天怎么啦？"

小爽摇摇头，他起身倒了一杯茶，走进里屋，递给父亲："爸爸不舒服？"

"舒服，很舒服。"老爽连头都没抬。

小爽回到桌前，问妻子："你今天跟爸爸讲过什么话没有？"

珊珊摇摇头："没啊，我一直在你身边忙啊。"

小爽扭头问儿子："你有没有惹爷爷生气？"

斤斤惊恐地望着父亲："没……没有。"

"没有？不说我揍你。说！"

斤斤觉得委屈，眼泪滚下来。珊珊一把抱过儿子，责问丈夫："你搞什么'逼供信'啊？你怎么不问问你自己有没有？"

小爽想了想："没有，没有。"

问题悬而不明，全家不得安宁。一顿丰盛的家宴，欢欢喜喜开始，却冷冷清清告终。

饭后收拾完毕，小爽叫妻子带儿子出去玩。然后，他走到父亲身边，问："爸爸，您今天怎么啦？"

老爽两眼直勾勾瞪着，不吭一声。

小爽又问："您老人家为什么不高兴嘛？"

老爽说："问你自己。"

"问我？"小爽一愣，低头一想，又摇头一笑，"嘿嘿，我不清楚。"

老爽狠狠瞪了儿子一眼。

小爽急了，哭丧着脸说："爸爸，您说呀，儿子到底有哪些对不起您的地方嘛？"

"说！说！说！"老爽猛然站起来，伸臂直指儿子，"你小子，你……你……你……留着柜子里的名酒自己享受，用那些三等白干来灌你老子，你这小子……"话音刚落，"啪！"老爽挥手朝儿子脸上甩了一记响亮的耳光。

供品

九福婆挎着菜篮，从菜市场回来了。

从来都是女儿赶早去买菜，九福婆在家烧弄。今天例外，她拦下女儿，执意要去。

今天，是农历正月二十一，是九福婆丈夫九周年祭日。按旧俗，须备些供品，向亡灵祭祀，以求神明保佑，在阴府安生。

菜篮里所装，便是供品。两副香，一叠纸钱，一袋"傻子瓜子"，五个福橘，一包精装特级茉莉花茶。但这几样东西，九福婆不太称心。香是卫生香，细直直的一段，看了不如粗香爽眼，好在以檀香冠名，地道一级品，将就了。一叠纸钱，钱贵不说，却是草纸制的，上面戳了几弯月牙道，非常粗糙。但是，涂金抹银的纸钱没地方买，就是这叠粗制品，还是在前楼一位老依姆的指引下，摸到一条无名深巷里的一户人家里才买到的，也凑合。"傻子瓜子"虽领导中国瓜子新潮流，终不及葵花子，雅淡悠香，无奈市上断货，只好以此代彼。唯有这五个福橘，果大，色红，皮薄，最叫九福婆称心。这是个体摊上的货，卖主叫价很高，她毫不犹豫，掏钱就买。丈夫生前患气管炎，一犯病，剥几瓣橘片，放杯里开水浸一浸，乘温一咬，化痰止咳。丈夫最喜欢吃福橘。

这些供品，全塞在菜篮底处，上面盖了张旧报纸，铺满了豆芽菜，不露痕迹。往年在乡下，每到祭日，在厅堂设下神龛，摆满供品，上香点蜡，请几位蓄发和尚，敲敲木鱼念念经，超度一番，是堂堂正正的事。但在城里不同，一派文明，而且女婿又是机关里的局长，九福婆觉得，万不能给局长脸上抹黑。所以，今日所做，须悄悄进行，不可告人。

九福婆一手挎着菜篮，一手按着楼梯扶手，几步一歇，爬上楼去。才走到一半，楼上已飞下六岁的外孙小岁。他睁着眼睛，抓住菜篮，伸手就翻。

"哎哎，不动。"九福婆按住外孙的手，眼睛向四周一扫，俯身说，"小岁乖，回家去看啊。"

回到家里，关上门，九福婆这才放下菜篮，由着外孙翻找。

"噢，噢，一点点好吃的都没有……啊，啊呀……橘子！"小岁眼睛一亮，抓起一个福橘，伸到鼻子前，使劲一闻，便要剥皮。

九福婆一把夺下外孙手中的福橘："这是给外公吃的。"

"外公外公，外公早死了。"小岁鼓着腮帮说。

"乱讲！"九福婆厉声一喝。丈夫永远活在她的心中。

"啊——"小岁闭起眼睛，张嘴干嚎。

"噢——，先供给外公'吃'，然后小岁再吃。"九福婆哄道。

"外公能吃吗？"小岁睁开眼睛问。

"啧，真不懂事，做个意思的。"

"意思，外公又不是小孩了，像小岁那么小。"

"走，走……"九福婆挥挥手。

"我要吃橘子！"小岁不动，坚决要求。

九福婆无奈，叹了一口气，抓起瓜子袋，咬破袋口，倒出一小把瓜子，递给外孙。

小岁捏紧拳头，盯着福橘。

"先嗑瓜子，瓜子脆，香。"九福婆扳开外孙的手掌，倒下瓜子。

小岁捏紧瓜子，又伸出另一只手掌。

九福婆捂住瓜子袋："不行，嗑多了上火。"

"我不。"小岁手掌伸到外婆面前。

九福婆摇摇头，又抓了一小把瓜子给外孙。

小岁这才罢休。他一边嚼着瓜子，一边抓过旧报纸，从抽屉里摸出一支铅笔，满纸画着橘子。

九福婆趁这时候，忙将供品抱进自己的房间。她关上门，插上铁销，又拉上窗帘，以防对面楼的人家看见。她点上几炷香，抓在手中，在房间四处散发，驱驱晦气。然后，她整理出小方桌，桌纹顺门，挪到靠墙处，铺上淡色素花塑料布，又从墙上取下丈夫的遗像，正正地靠墙放着。接着，她在遗像前摆下两个小瓷碟，一碟倒满瓜子，一碟摆放福橘，又泡了杯浓淡适宜的茉莉花茶，放在两碟之间。最后，她用一个薄瓷小白碗，舀了大半碗米，抹抹平，摆在茶杯前，划火点燃三炷香，小心地插进米中。顿时，香烟袅袅而起，檀香弥漫。

　　这时，九福婆端过一个脸盆，放在桌前地上，准备烧纸钱。突然，她想到灵牌未制，忙开门到厨房，抓起一个地瓜，用水洗净，削去皮，切成两半。她翻过半个地瓜，倒扣在桌面上，又削尖两根竹筷，插进瓜里，再到女儿房间，寻来一张红纸，按样裁开，糊成信封状，套入两根竹筷上。然后，她取下红纸袋，招来正在画橘的外孙："小岁啊，过来帮外婆写几个字。"

　　小岁近来学会写不少字，正愁学而无用，一见外婆有求于他，立刻跑来："写什么字？"

　　九福婆想了想，说："写……外公灵位。"

　　"外公灵位？"小岁提提裤子，捏紧铅笔，用尽浑身力气，对着红纸，念一字，写一字："外、公、灵……灵……

灵……啦——哎呀，这个字……"他不会写，便空了一格，写了"位"字。

"这里呢？"九福婆点着空格问。

"这……这……不要也行。"

"不行！要写。"

"好好。"小岁略略一想，眼珠一转，抓笔在空格上稳稳画了一圈："○"。

"怎么画个蛋啊？"九福婆莫名其妙。

"不是蛋，这个读零。不是外、公、'○'、位吗？'○'什么都能替，爸爸看完文件，只要画上一个'○'就行。"小岁更正道。

九福婆听外孙言之有据，便默许了。她套上红纸袋，竖起灵牌，正正地摆在丈夫遗像前。

一切就绪，九福婆一丝不苟地重新梳了发髻，换了身整洁的衣服，平心静气，排除杂念，进入虔诚的状态。她蹲下身，挪过脸盆，开始烧纸钱。

"老头子啊，给你寄钱啦。"九福婆轻声唤道。

小岁蹲在一旁，看着外婆把纸钱一张一张引燃，投入脸盆里。

"外婆，这一张，是多少钱？"小岁问。

"十块钱。"

"那给外公寄多少钱？"

"三百块。"

"哟！"小岁惊得睁圆眼睛，心想，"钱都烧成灰了，外公收到了还怎么用？……就算能用，这么多钱，三百啊！外公一个人能用得完吗？"他感到不平，不平则鸣："外公一下子就给三百块，给我一个月才两毛钱。"

"外公要用一年啊，买米买菜，又要喝茶吃水果，衣服脏了，还要花钱请人洗呢。"说完，九福婆在脸盆前摊开报纸，搁上枕头，按按平："小岁，给外公磕三个头。"

小岁想起乡下小姨结婚拜天地的情景，觉得有趣，极想照样跪拜一次。于是，他两腿一曲，双掌按地，闷头就磕。磕了三下，似乎不过瘾，又磕了三下。仍有余兴，还要再磕，被外婆制止了。

小岁这才恋恋地直起身，用手一抹额头。这一抹不要紧，视线所及，恰是叠起的五个福橘。他盯了一阵，魂灵便被福橘所吸引。

九福婆哄走外孙，然后默默地望着丈夫遗像，忆起丈夫生前待她的好处来，不禁老泪簌簌。她撩起衣角，朝眼窝里按了按，便唠唠叨叨地向丈夫倾诉着家里的情况，城里乡下，儿辈孙辈，大事小事，不漏丝毫一一告之，以免丈夫挂念。然后，她又交代衣食住行等等注意事项，一遍又一遍，不厌其烦。最后，她指着桌上的供品说："都是些你喜欢吃的，你慢慢'吃'吧。"

九福婆恍恍惚惚，仿佛看见丈夫端坐在供桌前，剥橘，品茶，嗑瓜子……便宽心走出房间，拉上门，由着丈夫尽情"享受"。

　　一如往日，九福婆在厨房淘米择菜，忙弄家务。照例，小岁在客厅阳台玩耍。

　　一阵过后，小岁不见了。

　　"小岁！小岁！"九福婆叫了两声，没有应声。她想出去寻找，煤炉上焖着干饭，不能脱身。正犹豫着，隐约听见自己房间里，有断断续续的声响。她以为外孙在房间里，又叫了一声："小岁！"没人答应。她猛然警觉起来，便咳了一声，迈着响步走上前去，打开房门，扫了一眼，房间里空无人影。她心里顿生疑窦："难道老头子……"她望着丈夫遗像，香烟弥漫，丈夫如置身云雾间，飘移不定，大有呼之欲出之感。霎时，她的心口"嘭、嘭、嘭"激跳起来，不敢久留，迟迟疑疑地走出房间，掩上门。

　　过了一阵，小岁出现了。

　　"你到哪里去啦？"九福婆问。

　　"我……我到那边去玩，那边楼……"小岁指了指楼外说。

　　"你有没有到外婆房间去？"

　　"没有。"

　　"天……"九福婆心里发慌，忙用手按住心口。

小岁双手插在裤袋里，在客厅里踱着。突然，他在外婆房间门口站住，侧耳听了听，惊叫道："外婆，房间里有声音，好像有人吃东西。"

"啊？！"九福婆一惊，急步走来，手掌竖在耳朵边，屏气听着。

小岁说："啊呀，又没有了。"

九福婆手脚发抖，轻轻推开门。小岁伸臂直指供桌，大叫："外婆，橘子少了三个。"

"噢！"九福婆叫了一声，手不停地拍着心口。

"一定是外公吃的。"小岁强调。

"菩萨保佑，菩萨保佑……"九福婆一边祷告，一边拉着外孙，慢慢走进房间。

突然，小岁挣脱外婆的手，指着床底，叫道："啊呀！看！外公还把橘子皮扔在床铺底下了。"

九福婆一震，眯眼俯视床底，果然有堆橘皮。她抓起橘皮，细看一阵，皮筋还潮，可见弃之不久。顿时，她脸色刷白，皮肉痉挛，呆住了。

小岁吓得乱摇外婆。

九福婆缓缓醒来，两腿一松，跌坐在床沿上，嘶声大哭："……一吃就是三个橘子啊……老头子啊，我不在你身边，你受苦啦……再熬几年吧，我就来，你等着我啊……"

邓国光的职责

27 路公共汽车停了。下车。上车。

挤上来一位穿浅灰色套装的姑娘。她不抢座位坐，提着一只精致的皮包，亭亭玉立，一动不动，两眼平视着窗外。车上的乘客几乎都朝她望去。她很美。

售票员邓国光是个大个子。他手持票夹，大汗淋淋地挤过来，说："同志，请你买票。"

姑娘没动，斜了他一眼："月票。"

"请你出示一下。"

姑娘又斜了他一眼，没理。

"麻烦你出示一下。"

姑娘一侧头："我天天坐这班车，你没看到？"

邓国光用手袖擦了一下脸上的汗，微笑地说："对不起，我才调到这路车来没几天。"

"那我不是告诉你了吗？"

"还是请你拿出来看一下。"

姑娘嫩白的脸上显出厌恶神情。她盯了他一眼，拉开皮包，从里面翻出一个长形黑皮钱夹，"啪哒"打开，掏出月票，冷冷地盯着他。

邓国光伸手拿过月票，仔细看了一眼，退还给她："好，请你放好。"

姑娘"哼"了一声，一把抢过月票，往皮包里一丢，吐出两字："讨厌！"

邓国光脸一沉，看了她一眼，平静地说："请你别讨厌，这是我的工作职责。"

"谁知道是你的工作职责，还是别有用心？"

"是工作职责。"

"哼，别臭美，你这号人我见得多了。"

"那是你的错觉，请你今后千万别这么想……来，老同志，请您买票。"邓国光继续售票去了。

车到终点站，乘客都下车了，邓国光把票夹往白帆布挎包里一塞，习惯地往空荡荡的车厢里扫了一眼，就要下车。突然，他发现车厢边上有一个长形黑皮钱夹。他捡起，打开一看，里面有六十多元人民币，两百多份侨汇券和一些其他票证，还有一张省人民医院的特邀记账单，上面姓名一栏填着"沈萍萍"，盖有市无线电厂医疗室印章。他猛然想起刚才跟他争吵的那位姑娘，她在掏月票时，好像就是这种长形黑皮钱夹。会不会是她丢的？

中午下班，邓国光骑车来到市无线电厂，找到了沈萍萍。

果然是她。

姑娘身穿白大褂，双手插在大褂口袋里，款款步来，一见他，嘴角露出一丝冷笑："是你啊？怎么，找到厂里来履行你的'工作职责'啦？"

"是的。"

"我们厂可有保卫科。"

"这跟我要找你没关系。我想找你核实一下。"

"核实月票？哼，还有今天晚上请我在某某地点见面吧？"

"我不是在跟你开玩笑。"

"开玩笑？跟你？你配吗？"

车间里拥出很多人，把他们团团围住，纷纷询问姑娘出了什么事。

姑娘喷着讥讽的目光，指着邓国光冷嘲热讽。

邓国光站着，冷静地望着她，一声不响，既没发火，也没解释。

姑娘说："这么个大汉，完全丧失了自尊，一看到我，千方百计纠缠，竟然还追到厂里来了。你要怎么样？你说，你当着大家面，说吧！求爱吧！"

邓国光问："你叫沈萍萍吗？"

姑娘头一昂："叫沈萍萍，怎么样？"

邓国光从口袋里掏出长形黑皮铁夹，递给她："这是你丢的钱包。"

姑娘震呆了，双手抖抖索索地接过钱夹。

邓国光说："请检查一下。"

姑娘说不出话来，呆若木鸡地站着。

邓国光说："那，再见！"说完，他转身拨开众人，走了。

邓国光走出厂门口，正要开自行车锁，姑娘满脸羞红地跑过来，站在他的面前，胸脯急促起伏着，欲语又止。

"谢……谢……"姑娘终于吐出一句话来。

"不用了，这是我的工作职责。好，再见！"邓国光说完，翻身上车，用力骑去了。

姑娘站在那里，一动不动。

广告栏里的海报

第一张

海报

从四月一日起，每星期六晚，举办周末舞会。

时间：晚上七点至九点半。

地点：广场大厦大厅。

票价：六角（凭工作证购票）

欢迎光临，欢迎指导。

广场大厦

三月二十五日

第二张

乐陶陶舞会

欢迎欢迎，热烈欢迎！欢迎您参加乐陶陶舞会！

音乐优美，令人陶醉。

舞厅宽敞，任您旋转。

配有雅座小吃，附设中西餐点。

价格优惠，免费服务。

时间：四月二十五日起，每星期一、星期三、星期五、星期日开放。晚六点至十点。

地点：南方酒家六楼。

票价一元。每场限二百人，每人一次购票两张，欲购从速。可在三天前预先订票。

南方酒家

四月二十二日

第三张

夏夜舞会

您想度过一个愉快的夏夜吗？

您想结交一个理想的伴侣吗？

快来参加湖滨夏夜舞会。

为增进友谊，扩大交际，陶冶情操，培养审美，本公园在湖滨大厅举办湖滨夏夜舞会。

舞厅新颖，装饰华丽；

五彩壁灯，光线柔和；

舞池标准，座椅舒适；

空调送凉，超级音响；

代管车辆，寄存小件。

光临者每人免费赠送一份奶油冰激凌。

酒吧台出售：可口可乐、高级咖啡、冰镇啤酒、汽水、果汁露、各色冰激凌、名牌糕点。并配有两台二十寸彩色电视机。

时间：从六月十日起，每晚六点半至十一点。

票价：二元。

湖滨公园

六月一日

第四张

美且雅艺术舞会

最佳舞厅设计最佳音响效果

最迷人的灯光，最动听的舞曲

美多轻音乐团演奏，著名男女歌唱伴唱，配有男女舞蹈教练，免费教授交际舞、迪斯科等各种舞类，并免费赠发讲义，休息厅配有电视录像，播放世界艺术舞蹈集锦，初学者可学，会跳者可随之起舞。

九月一日正式开业

每晚七点至十点

舞厅设在市歌舞团排练大厅（在文艺大院北侧）

票价：二元五角，并按八折优惠价出售月票。

欢迎您参加美且雅艺术舞会！

市歌舞团

八月二十八日

第五张

……

"孔家爸爸"

"孔家爸爸"教子之严，在众邻之上。

孔家住板房走廊最东头，在与邻居之间，用板条横竖一钉，门前走廊一席地，便与房间连成一片，归为己有。外人虽不能随意进出，但透过缝隙，里面情景历历可见。

每到傍晚，从厂里下班回来，一开门锁，"孔家爸爸"便在走廊中的迎光处，移过小矮方桌，放下小凳，随之，捅开煤炉，边做着晚饭，边候着小儿孔大龙放学归来。

这天，他移好桌凳，直起身，恰跟我照面，他屈指，点点桌子，冲我一笑："嘿嘿，你看看，老子为小子。"说完，无奈地摇摇头。

"得多于失嘛。"我附和说。

"就是就是啊。"他重重地点点头，极为称道，"以后啊，没本事啊，就是没饭吃。小小孩子啊，一点点事都不懂，大人话当放屁，你急死都没用。不打啊？不服……大龙！朝家

148

跑！"他突然挺直脖子，向屋外猛喊一声。

大龙拖着步，一进家门，把书包一丢，撅起嘴，嘟囔着说："放学了，玩一玩嘛。"

"孔家爸爸"抽出一段竹皮条，捏在手里，抖了抖。

"好好好。"大龙"扑通"坐下，从书包里抽出课本，一翻，便摇头晃脑，"咿咿啊啊"地念起来了。

"孔家爸爸"丢下竹皮条，拍拍手，瞥了我一眼。

大龙念着，声音愈来愈弱，渐渐地只哼哼了。一看，只见他呆张着流涎的嘴，睁着眼，愣神盯着屋外空场上，一群孩子正分成"中美"两国，各居一隅，互相追逐着。

"嗯，嗯？""孔家爸爸"抓起竹皮条，朝儿子屁股，这么轻轻一抽。

"哎呀！哎呀，哎呀呀，啧啧，就看一看嘛。"

"看你是不打不服啊？"竹皮条，被高举到头顶。

"好好好，唉，看一看也不行……小白兔掉过头来，往森林里跑啊，跑啊……跑……啊……爸爸，这个字，嗯……怎么念啦？"

"孔家爸爸"凑近一看："这个字，这个……这都不会念？"

"怎么念啦？"

"这个……明天问老师去。"

"讲一下不就行了！干吗还要等到明天啦？"

"不跟你讲,越讲越懒。"

"爸爸不懂的不说。"

"孔家爸爸"眼一睁,涨着脸,说:"爸爸不懂?爸爸会不懂……你也太够呛了吧?啊?坐好,坐直!你怎么跟你爸爸比?啊?你怎么不想想,你爸爸像你这个年纪在干什么?啊?饭都吃不上啊!你以为什么?家里五六个弟妹,全这么点点小,你爸爸抱着,背着,哄着,想读书?想死命!每天天不亮……"

大龙翻了一眼:"啧,又来了又来了,天天讲天天讲,烦不烦啦?"

"什么?烦?跟你小子就要天天讲,让你知道你爸爸小时候的苦。你小子倒好,命好,把你投胎投到今天,吃不愁,穿不愁,家里事不要你干,你还不好好读书啊?你想干什么?考不及格,你以为开玩笑?当临时工?有你当?上山!……不去?不去,当小流氓去!穿喇叭裤,逛荡逛荡,小子,现在国家政策变啦!"说着,"孔家爸爸"泡了杯牛奶,往桌上一搁:"喝!营养都叫你喝了,你喝了也要争气啊!"

大龙一撇嘴:"喝喝喝,我还不爱喝呢。"

"不爱喝?由不得你,你小子病倒了,还想老子给你送医院啊?想,喝!喝完做功课,功课不做完想吃饭?哼,我简直服了你。"竹皮条,又被高举起,抽着桌沿,"噼噼"响。

大龙嘴巴一鼓,咕噜咕噜。

"说什么？"又问，

"谁说什么啊？没有没有。"大龙斜了一眼。

"哼，不服？对你小子就要高标准，严要求。做！"

"孔家爸爸"便是这样严以教子，天天如此。但实在不知何故，儿子竟不很争气，功课门门在及格上下，而且偏下居多。这叫他气恼，先怪儿子不争气，后怨老师不尽职，后之后，则深感自己言传有余，身教不足，也应担起一小部分责任。此后，他手把手地教子，履行起父亲与"教师"的双重职责来。

他坐在桌子的侧边，与儿子形成正角，然后，戴上一百度老光镜，点着课本，教道："这题，一个牛栏，有三头牛，三头啊？这里，一共有，有三个牛栏，那么他问，问你总共合起来，统统包在里头有几头？……有几头？说啊？"

"有……"大龙歪着头想。

"这都不懂？你小子喝牛奶就厉害，一大杯，一口，下肚了，问你几头牛就傻啦？再听着，比方说，""孔家爸爸"用指甲画着桌面说，"爸爸厂里，玻璃车间，有三个工人。这里，再一个车间是特灯车间，也是三个工人。这里呢，又是一个车间，是日光灯车间，也是三个工人。这样，玻璃、特灯和日光灯三个车间总共有多少工人？多少工人？你说。"

大龙歪着头，转着眼珠，眉毛皱一皱，想。

"懂了没？这样这样了，还不懂？你也太笨啦！""孔家爸爸"手往竹皮条方向摸。

大龙眼一斜，"嗖"地起身，上前一把按住爸爸的手："爸爸手不要动嘛，我懂了，我懂了……"

"孔家爸爸"撤回手，问："多少？"

"8……"

"嗯？"

"7……"

"7？"

"那……6？是不是？……"

"6？你怎么……"

"那、那9……"

"孔家爸爸"摊掌一拍桌沿："对了嘛，三个三，一加，九嘛，简单得要命，这样的题你都不会做？那你还会做什么？来，这题，二加二乘三。"

大龙在算术本上列出式子。

"哎哎，看书！看书啊，二加二乘三，你一加一乘不就完了？"

"先乘除后加减嘛。"

"别复杂化，顺序来。"

"人家老师讲的嘛。"

"别吓唬人，我懂。"

"反正错了我不管了。"

"什么？你说什么？做！"

大龙鼓着嘴腮，扳指算算，按爸爸所教，写上，二加二，四，四乘三，四三——十二。

第二天，作业发回，照例，"孔家爸爸"一页一页，细细地检查。猛地，他眼一竖，"叭"地将作业簿朝桌上一摔，屈着食指，敲点桌子。

"这这，怎么回事？啊？怎么回事你说啊？怎么又错啦？你小子怎么还这么笨啊？啊？"

大龙小嘴一鼓，鼻子一酸："爸爸自己教的嘛。"

"爸爸教你要错啊？"

"我说，我说，是这样，爸爸说，是那样，还不是？"

"噢，你小子平时不好好读书，还嘴硬。爸爸错，爸爸会错？你小子也太够那个了吧，啊？"

"还不是？还想赖？"

"什么？说什么？你还不服？""孔家爸爸"一把抓起竹皮条。

大龙闭嘴了，但小嘴却鼓鼓的，充气似的，眼睛垂视着，斜视一眼，又斜视一眼，再闭一眼。

"叭"。一抽。

"啊呀！"

"叭"，又一抽，"叭叭叭"，连连抽之。

"啊呀呀！人家痛不痛啦？"

"痛？我问你服不服，服了没？服了没？"

"叭叭叭"，连连抽之。

"啊呀！服啦！服啦！"

"才知道服啊？"。

……

礼物

我收过许多礼物，吃的、穿的、玩的、用的，都有。但大都渐渐忘去，只有孩提时的一次，叫我至今难忘。

那是二十年前，我才七岁，因患急性肝炎住进上海虹口区一家传染病医院儿童部，编号 26 号。住院期间，左邻右舍都来看我，带来美好的祝愿，也带来了各种礼物，巧克力、米老鼠奶糖、夹心饼干、奶粉、葡萄糖、苹果、梨子等等，把我的床头柜塞得满满的，柜门常常关不拢，要用小靠背椅顶住柜门。

住院生活是非常寂寞的，尽管有各种精美食品填嘴解馋，尽管有许多同龄病友日夜相伴，但吃住玩乐就局限在一方空间，许多充满童趣的儿戏也就无法进行。幼嫩的童心似被锁住了。

我常常独自伏在窗台上，望着熙熙攘攘的大街，数着一辆辆急驰而过的有线电车，期待着电线连接处迸发出蓝色的火花，编织美妙的梦幻。

这天傍晚，天下雪了。飘飘洒洒的新雪，把街道装饰成一个洁白的世界。我透过玻璃窗朝外看，行人渐渐稀少了，偶尔走过一两个人，打着伞，顶着落雪，快步往来。汽车缓慢地碾过白色的雪道，留下两条像铁轨一样的痕迹。寒气袭人。

我双手插在口袋里，正出神着，突然听到楼下黄护士叫："26号下来，有人看侬，叫吴家伯伯。"

"啊！吴家伯伯！"我弹了起来。

吴家伯伯是我们老邻居，住在小弄堂八号。他高个子，精瘦精瘦，那张长面孔，永远露着一脸和蔼相，嘴角含着浅笑。他是建筑公司的木匠师傅，因此，我们弄堂谁家修个门窗桌椅，搭个阁楼扶梯……都找他帮忙。他总是招之即到，乐呵呵把事情干完干好。

吴家伯伯有七个儿子，阿大、阿二、三三、四四、阿五头、阿六头，小小弟，从十五岁到三岁不等，全靠他一个月七十来块钱生活，吴家妈妈没有工作，而且多病。他家生活拮据，在弄堂里居首。每天早上，他用小饭盒带两三个五香萝卜头或者半块豆腐卤去上班，中饭永远是五个馒头，就着小菜下肚了。偶尔下班回来，他会带回省下的一两个馒头，这是孩子们口福的时候了。他把馒头切成四片，往煤炉上放好铁网圈，搁上馒头片，两面烤起来了。吴家伯伯烤馒头片的功夫是很到家的，他烤的馒头片，两面焦黄焦黄，一咬，又烫又脆、又酥又香。每到这时，吴家伯伯美妙的声音总会传来："小民，吃馒头片。"

我照例分得一片。我举得馒头片，慢慢地细嚼着，仿佛要使馒头片"永葆青春"，怎么咬也咬不完似的。这时，我觉得是最能拨动心弦的时刻，一边嚼着馒头片，一边回味着，往往能得到很深刻的体会。至今想来，还能说出一二。

我飞似的下楼，来到探视窗前，吴家伯伯穿着一件棉服，在窗外会客室等候，他两脚原地跺着，棉服上湿迹斑斑。

"小民……"吴家伯伯使劲搓暖粗糙的大手，一把捧住我的脸，不停地亲我。

黄护士在一旁急得直叫："同志，禁止与病人接触，看到吗？"她指着墙壁上贴着的探视规则，"这个阿是对侬负责。"

吴家伯伯对黄护士歉意地笑了笑："勿要紧勿要紧……小民，想勿想老伯伯？"

我惭愧地摇摇头。

"那老伯伯走喽！"他装出要走的样子。

我赶紧说："我想三三、四四了，还有阿五头。"

吴家伯伯听了我的话，"哈哈哈"笑了："老伯伯勿走了，勿走了。"

接着，他问起我的病情和住院生活情况，我支支吾吾，颠三倒四地说着。他也不急，笑眯眯地听着我说。大概冷，他的大手不住地抚摸着我的小手。我看见他的嘴唇完全发紫了，没有一点血色。而且，嘴唇还不时地颤抖。这时，黄护士倒了杯热开水递给他，他接过杯子，连声谢后，把我的手捂在杯子上，他自己的大手再捂在我的手背上。

探视时间到了，他嘱咐我听医生、护士的话，好好治病早日出院。完后，他解开棉服扣子，从腋下取出一包由干毛巾包着的东西，笑着问我："猜猜看，老伯伯带啥东西？"

"饼干。"我说。

"勿是。"

"蛋糕。"

"阿勿是。"

"嗯，糖。"

"勿是，勿是。"

"那……"我摇摇头。

"猜勿出来了？"他拿掉毛巾，露出一个铝饭盒，他揭开饭盒盖，啊！？竟是一饭盒烤馒头片。片片焦黄焦黄，还散着余温。

"馒头片！"我惊喜叫道，并伸手抓起一片，但马上放下了，回头看了黄护士一眼。

"吃，吃，勿要紧，老伯伯刚刚在单位里烤的。"吴家伯伯说。

我抓起一片馒头片就往嘴里塞，吃完了一片，又抓起第二片。我当时只顾吃，吴家伯伯再跟我说些什么，我已记不清楚了，只朦朦胧胧记得他离开的最后一瞬——他缩着脖子，推开自动弹门，撑开黄油布伞，顶着落雪，踏雪而去。

　　后来我才知道，吴家伯伯中午省下四个馒头，饿着肚子，给我烤馒头片。

　　当时，我只知道馒头片的好吃，其他什么也不知道了。而今，每想起这份礼物，我常常掉下泪来。

我当上了"布朗爸爸"

儿子姜晓航来美后,即上东黑文高中读书。他的堂姐姜姗姗是那年东黑文高中唯一考上耶鲁大学的学生,指望他也能沿着堂姐的足迹进军常春藤盟校。

不料,读了一年,儿子就想转学到更好的麦迪逊高中。这样,只好卖掉东黑文的白楼,搬到麦迪逊去,租了半栋小楼。

儿子在麦迪逊高中又读了一年,本来可以高中毕业,因为中美课程的差异,他的英语课还差一个学分,因此不能毕业。

我劝儿子再读一年高中。他不干,自己报考了伍斯特理工学院,读了一年。第二年,他报了麻省理工、耶鲁、斯坦福、康乃尔、布朗、康州大学。我劝他不妨再报一个哥伦比亚大学。他说哥大太难了。

我说不见得,往往你认为最不容易的却是最容易的。他勉强同意了，一直到报名截止的最后一天夜里 12 点前，在我再三的催促下，才按下"Enter"键，在网上报了哥伦比亚大学。

那一段时间，我以儿子为中心，不仅生活上无微不至，还当起他的秘书，接送、打字、复印、邮寄等等统包，到耶鲁去考托福和 GRE，我都送到耶鲁考场，然后在车里苦等四五个小时（美国家长放下孩子，就飞尘而去，我是唯一苦等在现场的家长），车里备好点心、饮料和人参汤，随时供"首长"选用。幸好我这个拿年薪的总编辑是在家里上班，可以做到公私两不误。

报考完毕后，就是艰难的等待。

终于有一天，收到了康州大学的录取信，我边开车边打电话告诉儿子，向他表示祝贺！

不料，他在电话那头说："什么呀！我被哥伦比亚大学录取了。刚在电脑上看到的。"

我大叫一声，如同范进中举，高兴得一塌糊涂！一踩油门，车子开过了一百迈。

过了三天，老妹打来电话："老哥，你儿子不得了，布朗大学寄来了录取通知。"我又兴奋得一塌糊涂了一番。

那么，到底去哪一所大学，成了儿子最艰难的选择。按理哥大排名相对靠前，名声更大些。但我觉得哥大地处纽约曼哈顿，各种诱惑太多，不利于学习；布朗是常春藤中最精致的大学，学风又极为自由；而且布朗给的全额奖学金高出哥大八千多美元。因此我建议儿子选择布朗。

周围的长辈和朋友也发表不同意见。

赵浩生教授的女儿是布朗毕业，他对布朗评价甚高："卫民啊，你的公子应该去布朗。"

孙士铨教授听说我儿子选择了布朗，大为吃惊："怎么去布朗呢？当然去哥伦比亚啦。姜先生，你是不是缺钱了，缺钱我这里拿。"

那一阵，儿子非常地痛苦，最后权衡了半天，还是选择了布朗大学。他用了两年时间读完了三年的课程。同时，完成了二十多万字的书稿《布朗中国留学生的手记》。

毕业后，他对我说："老爸，你可以考虑成家了。"

我这个"布朗老爹"也同时毕业了。

老段

对面新楼封顶了。老段那颗乱跳的心，蹦到了嗓子眼儿，朝暮仰望，就盼着新楼落成。一家三代六口人，挤在一间半的板楼房，已经二十六年。他盼穿双眼，终于盼到了新楼，就在十步之近，伸手似乎可摸。但能不能轮到他住，他没底。一想到这，眼前新楼就隐向天际，叫他感到无望。

段妻拖着布鞋走来，塑底拍得地板"啪啦啪啦"猛响，"就知道傻看，你也找领导反映反映呀。公司里，谁不在到处吹风啊？"

"啧，我打报告了。"

"报告顶个屁用，不一定叫谁早擦屁股了。"

"怎么会呢？"

"还怎么会呢！我可告诉你，这次你住不上，这辈子你就别想住上新房了。等你烧成灰，去住骨灰盒！你不去找汪主任他们诉诉苦啊，人家还以为你住得很舒服呢。"

"你叫我怎么说呢？"

"长着嘴，说话都不会啦？还怎么说呢！"

"哎呀，别烦了，领导会考虑的。"

"考虑你？就凭你这个小干事能分到新房？见鬼哟！"

却也见鬼了，老段分到了新房。不仅分到了，而且还分到东头六楼一套四室一厅。他震糊涂了！四室一厅啊！他想都不敢想，虽处顶天之层，他仍不敢想。因为这一楼次，专供经理们居住。虽说五位正副经理都住上了，可这第六套，起码也属于仅次于经理们的科长主任们，怎么下跳棋似的，跳过科长主任们，归了他这位宣教科干事呢？

当老段接过一串崭新的铜钥匙时，两手竟无半点托力，一声"哗啷"，钥匙滑落在地上。他两眼发直，惊愣了一阵，捡起钥匙，走到办公室，一把拖住汪主任，将钥匙塞进他手里："汪主任，这，搞错了，搞错了……"

汪主任抓住老段的手，又将钥匙按进他的手掌："错不了，这套房就是给你的。这是公司领导专门研究决定的。"

"这么大套房，我、我怎么够格？"

"够格。老老实实，勤勤恳恳，二十多年来，工作一贯不错，怎么不够格？够格。"

"这是给领导住的……汪主任，我不行，不行。"

"老段啊，这我就要批评你了。这种思想要不得！有领导住，也有一般干部住嘛，我们决不搞特殊化！不是有些人到处告吗？什么公司领导住房超面积啊，搞特殊啊，现在看看，站不住脚吧？"

"是，是的。"

"快去准备，搬新房。这是公司领导对你的关怀，今后，加倍工作！啊？"

老段眼眶盈泪，两腿发软，恨不得跪在地上，给汪主任狠磕三个响头。

次日，老段一家搬进了新房。

段家老小欣喜若狂。段母瘪嘴嗫嗫，不停地恩谢上天，使她能在闭眼之前住上"天宫"。段妻一夜不睡，风风火火，擦洗新房，搬摆家具。在园林处工作的女儿，抱来各色鲜花，装点新房。两个儿子在新房里蹿来蹿去，追逐玩耍。小外孙尖嗓乱叫，边走边尿，一泡尿遍迹三四间房。老段眯笑着，这个房间走走，那个房间站站，欣赏着新房。三间面南大房，一间略小朝北房，宽长的前阳台，十二平方的客厅，卫生间紧贴储藏室，厨房连着方形后阳台，散着漆香的大壁橱，光滑的拼木地板，抽水马桶，白瓷浴缸……从今以后，他居住在此，从"竖"着进来一直住到"横"着出去，那日子，该是何等的舒服！他幸福得透不过气来。他又走到窗前，扶窗俯视着旧居。那是一座旧板楼，造于50年代末。原是公司技校楼，后来技校停办，用薄板隔成间，作为宿舍。板楼已倾，四周十几根木柱斜撑着，窗门变形，房间隔人不隔音，夫妻说些枕头话，左右都能收听。谁若跑动，声响如雷贯耳，整座板楼震动，每刮台风，板楼更是摇摇欲掀。新旧楼房对比，真是天地之差。但不管如何，毕竟住了二十六年，他心里生出些恋意，叹了一口气，说："再见啦。"

当晚，段妻烧了七八样菜，破例买了一瓶"蜜沉沉"，举家欢宴，喜庆乔迁。老段乘兴喝了一杯甜酒，即刻，满脸涨红，终于不敌酒力，扶壁走进房间，躺到床上。眼前天旋地转，肚内翻江倒海，身若腾云驾雾，他丝毫不觉得难受，任由酒魔折腾。

"当啷啷！"突然，客厅传来脸盆落地声，刺耳惊心。

老段一震，从微醉中猛醒，由躺而坐，一念闪过脑际："楼下住着夏副经理。"他跳下床，冲进客厅："怎、怎么回事？谁搞的？啊？谁？"

小儿子段伟说："我不小心碰倒的。"

老段朝儿子逼进两步，手指点着儿子的脑袋："你！你搞什么名堂？！"

段伟说："谁叫脸盆放在桌子边上喽！"

"你还有理？你不能注意点？看清楚了再走路？"

段妻甩着湿手，从厨房"啪啦啪啦"跑出来："怎么啦？怎么啦？"

老段一转身，指着妻子的大脚："你也轻点。现在不比住板楼啦，楼下是小孙，有些麻烦，说说就算了。现在楼下住的是夏副经理，夏副经理！"

段妻拍拍儿子的背："好了好了，大喜日子，不说了，以后当心点。"

老段侧耳屏息，细听一阵，楼下没有动静，这才回到房间。但他再也躺不下了，呆直坐着，内心隐隐不安。

夜深，段妻关上门，脱去了衣服，面露羞笑，眼冒辣火，狠盯着丈夫。分到新房后，她对丈夫刮目相看了，觉得他高大如山，足以枕靠到老，找到他，一点儿不委屈。她抱过丈夫，拥进自己的怀里。但老段一味地不安，竟毫无反应。

第二早，老段起床后，正在阳台上活动身骨。"嗵、嗵、嗵……"后阳台传来劈柴声。他一惊，急忙穿过房间，跑到后阳台，只见妻子蹲着，一手握砍刀，一手抓木柴，正竖劈横砍。他一把夺下妻子手中的砍刀："你、你、你干什么？！"

段妻愣看着丈夫："生炉子啊。"

"你！大清早嗵嗵响，人家楼下还在睡觉呢！"

"那怎么办？这新炉子不好用，一封紧就灭了。"

"你到楼下去劈嘛。"

段妻嘴里嘀嘀咕咕，抱起木柴砍刀，开门下楼去了。

老段怔怔站着，头脑里映出夏副经理，从深睡中惊醒，皱眉，摇头，叹息。他提心吊胆熬着早晨。上班时，他一直待在办公室里，不敢走动，生怕碰见夏副经理。

晚上，老段坐在卫生间的抽水马桶上，捧着一本武侠小说，埋头读着。正入博杀之境，满目刀光剑影，一耳人声马叫。突然，"嗞隆嗞隆嗞隆……"一阵铁轮与水泥地的摩擦声传来，令人心惊肉麻。他一颤，扔掉小说，一把拉上裤子，冲出卫生间。只见妻子正从墙角拖出缝纫机，推到房间的灯下，要缝做窗帘布。

老段手指颤抖，点着妻子："你你你……你！唉！"

段妻大惊："怎么啦？"

"这这这，拖得轰隆轰隆响，人家楼下，楼下……啊，我、我讲了几次啦？几次啦？你怎么还不听呢？"

段妻撇撇嘴："都不要动了，一天到晚，哪能没有点响声？"

"不是告诉你了吗？啊，现在、现在不同过去啦。现在楼下住的是领导，是夏副经理，不是小孙！"

"那又怎么啦？"

老段竖眉瞪眼："你！糊涂！利害关系，一点儿都不懂！"

段妻不吭气了。

老段惊恐地站着，头脑里映出夏副经理，正坐在电视机前，皱眉，摇头，恼怒。"我要去道个歉，不然，太不像话。"他想了想，便穿上衣服，齐齐扣上纽扣，开门下楼。他一步一顿，心里拟着道歉词。走到夏副经理家门口，他曲指欲敲，刚触门板，手却停住了。他仿佛看见夏副经理拉开门，两眼冒火，怒视着他。他心里一阵颤抖，一个转身，匆匆上楼。

回到家里，老段召齐全家老小，板着脸说："今天都在，我最后说一遍。以后不管谁，不准吵吵闹闹，劈柴、摔东西、拖缝纫机，更不准！"他瞥了妻子一眼，又点了点两个儿子的脑袋，厉声警告："谁再不听，我、我不客气！听到没有？"

这一晚，段家静悄悄，没有发出任何响声。

但此后，一天两天里，三天四天内，此类事不断发生。儿子钉东西、开收录机、追打吵闹。小外孙乱跑乱叫、推椅子、踢痰盂。妻子捶鼓似地奔走、训斥叫喊。老母嘶声咳痰、拐杖点地……老段打也罢，骂也罢，急也罢，仍然制止不住。他又气又怕，双疾攻心，人日渐消瘦。

老段觉得实在对不起夏副经理。他想去诚恳地道歉，以求得谅解，却又鼓不起勇气。整天如坐火山之口，等着一天，夏副经理冲上楼来，抱怨，发怒……

但夏副经理也怪，好像并不当一回事。不仅毫无抱怨发怒之意，而且，每碰见老段，不是点点头，就是笑一笑。这让老段更加恐慌。

"他怎么不当一回事呢？怎么还对我点头招呼？还笑？！这……怎么可能呢？"夜里，老段常常苦想，而且越想越怕："他心里肯定非常讨厌我，对我印象肯定非常糟糕，我……全完了……"

这天入夜,大儿子段宏在阳台上练哑铃,练到手臂酸痛时,把两个哑铃往水泥栏上一放,其中一个没放稳,滚落到阳台水泥地上,"咚!"发出一声沉重的巨响。霎时,全楼震动,人们纷纷跑到阳台上,惊望着,互相询问着。

老段发疯地冲到阳台上,揪过儿子,照着儿子的脸,"啪!啪!"狠抽了两巴掌。

段宏捂着脸,哭叫着跑进房间。

老段死人般地僵立着……

第二天上班,汪主任来到宣教科,叫出老段:"老段啊,你家昨晚怎么回事?跟扔炸弹一样,整座楼都听到啦,吓人啊!以后要注意,楼下住的都是领导。"

老段头脑"轰"地一响,如惊雷炸顶。眼前天昏地暗,身子一软,瘫坐在椅子上。

老段病倒了。他躺在家中,整天恍恍惚惚,惶恐不已。尤其怕听响声,一有响声,便从床上蹦起来,浑身颤抖,如同筛糠。家人急作一团,求他去医院诊治,他死都不去。他怕出门,怕碰见领导。段妻搬来当医生的堂姐夫。堂姐夫医术不错,仍无法确诊堂连襟的病症,只是开些镇静药。吃了药,老段稍见安静,愣愣地躺在床上,两眼发直。有时,他突然摸下床,侧立窗旁,面露痴情,久久地呆望着旧板楼,心系魂牵如恋情女。

星期天，段妻休息，洗了蚊帐被单，晒在阳台外。刚晒一会儿，楼底便传来王副经理粗大的嗓音："我说小段啊，你那蚊帐里的水啊，要拧干啊。滴答滴答，全掉在我的花盆里啦。这水里有胰子啊，会把花烧死的呀！"段妻一听，慌忙收起蚊帐被单，抱进房间。猛然，见丈夫从床上跳下来，赤着脚，翻着白眼，浑身乱抖。

段妻扔下蚊帐被单，扶住丈夫："你、你怎么啦？啊？怎么啦？"

老段手指着窗外，嘴吐白沫，说不出话来。

段妻摇着丈夫："你怎么啦？你说呀，说呀！我的老祖宗哎！"

老段嘴唇颤抖一阵，连着白沫，吐出一个字"搬……搬……搬……"

段妻问："搬什么？"

"搬、回去……回去……"

"搬回去？"

老段推开妻子，扑到窗前，往下指着旧板楼，声嘶力竭的说："搬！回！去！"

"他爸，你怎么啦？你醒醒，醒醒啊！"

老段大叫一声："快搬！"说着，他抱起床边的床头柜，跌跌撞撞冲向门外。

段妻跑上前去，抱住丈夫，放声大哭。

老段两手一松，床头柜砸在地上。他倒在妻子怀中，一动不动。

段妻哭叫着，摇着丈夫。段母撑着拐杖，颠着小脚走来，急忙掐住儿子的人中。

老段慢慢地板转过气来，断断续续地说："快……搬……搬……回去……"

段妻抓起堂姐夫开的药片，给丈夫服下。

不一会儿，老段便昏沉睡去。冥冥中，他做了一个梦，梦见家已搬回旧板楼。他在板楼房里大步走来走去，望着小外孙踢痰盂，痰盂在地板上"哐啷哐啷"飞滚。他昂首大笑，舒畅至极……

摘龙眼

龙眼树挂果了。队长见我生病，不派我下田，叫我看护龙眼林。他说，没什么事，就管着些孩子，龙眼未熟，怕他们胡摘了可惜。

我站在树荫里，望着大家荷锄步入坡下的水田，心里不免生出一丝孤单。等我抬头一看，看见这满树的圆果，累累串串，心里便柔柔地充实起来。

我们村子，坐落在福州东北方向的北峰山坡上。村子小，只有三十多户人家。一条踩得溜光的石板道，直贯全村。村子的四周，全是龙眼树。站在远地朝村里眺望，密密麻麻，浓绿浓绿，织成一片，只能疏疏地望见白墙黑瓦和瓦顶上的烟囱。要是升起炊烟，乳烟蒙蒙，连这些都望不见。说龙眼，要数闽南最多，而在闽中一带，像我们村子里这么密集的龙眼林，还是不多见。龙眼树是大年盛而小年稀。今年是大年，满树的枝叶，多被累累的圆果所遮，沉悠悠的，合臂所抱的树干似乎都难以撑起。

看护龙眼，并非轻松事。孩子们的淘气，是很难对付的。他们三五一堆，猫在一个非你所见之处，屈着小腿，拉尽小弹弓，"叭啦啦"地射出石头蛋，掉下的龙眼，在地上蹦跳未停，已被他们踊跃抢拾。等你赶到那里，他们小手紧捂着两个鼓鼓的小口袋，嘻嘻哈哈，早已溜到另外一处，趴在地上分享了。叫你欲哭不能，欲笑难出。

经过几天太阳暴晒，龙眼熟透了。滚圆的龙眼像光溜溜的小脑袋，挤成一串，悠悠欲坠，令人并掌去接。队长说，明天歇工，摘龙眼。我松了长长一口气，摘了吧，我再也不必为淘气的孩子所恼。但转念又一想，明天摘去了龙眼，全树单剩下这曲曲的枝和绿绿的叶，我的心，又为这可爱的小果儿所留恋了。

夜了，月很圆，在清清的天空，无声无息地运行，朗朗地照。队长弟弟今晚娶媳妇，酒毕，满房的人正闹洞房花烛夜。我独个，带着微微醉意，踩在歪歪曲曲的石板小道上，离了村。步进龙眼林里，还能听见他们的笑，我又朝林子的深处，走了一段，静了。

我承受着夏夜山里的丝凉，骨肉松了，舒了。龙眼的香气，丝丝、清清、淡淡地溶进月光里，拂着山坡村舍。我痛吸了一气，醉了，醉了，我不是醉在酒里，而是醉在这龙眼香里。

我闭目，凝神，且要幸福地陶醉一番，忽然，耳闻窸窸窣窣声响，环视着，便见隔着几棵树，一对男女正耳鬓私语。哟，是村东头的依春和房东家二女儿兰兰，他们是新恋，白天在田里忙了一天，夜里才能相会，真是幸福。快走快走，我何必以自己的陶醉搅了他们的幸福？我悄然步回村子。

第二天大太阳，摘龙眼了。村里的人欢喜得如同过年。年轻的男女，扛着"人"梯，抓着长竹钩，早已等在树下，跃跃欲攀。年纪大的，挑着方底箩筐，顶着大圆扁箩，悠悠而来。年老的依姆老伯，平时不轻易出村，这会儿，戴着尖顶草帽，说笑着，搀扶着，也姗姗迟来。最乐坏的是孩子们，挥着布口袋，头上倒扣着小竹篮，扯着嫩嗓，嘻嘻哈哈，奔前奔后。

人都齐了，队长笑得阔嘴大开，跃上土堆，伸手摘了一粒龙眼，朝嘴里一搁，一咬，吐出皮壳，嘴角溢出白汁，说："甜，甜，摘！"

话音刚落，小伙子一如灵猴，几抓几蹬，便攀上了树，骑在树干上，摘着饱大的龙眼，先吃一气，然后，摘下树顶的龙眼，一串串朝树下的扁箩里扔，惹得树下的人直叫："轻点，都散啦！"姑娘们蹬上木梯，摘下树边的龙眼，传递着放进扁箩里。她们嘴里吃着龙眼，却是慢慢地雅吃。年轻人集在一堆，欢声笑语，互相逗趣，并用黑亮的龙眼核上下攻击。年纪大和年老的人，围着大圆扁箩，曲腿坐着，折枝剔叶，将龙眼整成串，然后小心地托着，放进身后的箩筐里。他们也吃，只是象征性地尝鲜。这里的习俗，摘龙眼时，尽吃无忌。房东大伯用手捅捅我的腰，附耳说："吃、吃，随你吃。我不能吃，没牙了。"他抓起一串饱大的龙眼，塞到我手中。

我提着龙眼串，转着、看着，嘴已垂涎，但又不忍心吃它。我想起福州有一句话："吃不如想痛快。"我忍馋想想，确有痛快之感，但我到底难敌龙眼的诱惑，也剥着吃起来。

剥开饱大的龙眼，白泛泛的一圆，饱满湿润，甜汁黏手，尽是厚肉。剥开果肉的龙眼，中间显露一小黑圆，那是核，一看，酷似眼珠。传说这果子，因为像龙的眼睛，故取名叫"龙眼"。

厚白的肉，蜜甜的汁，果甘微温，实在是好吃，不愧水果中的上品。我吃了些，也坐下来整理龙眼。我将枝上的龙眼，一粒一粒地摘下，齐齐地摆进小扁箩里，好似玉珠摆银盘。忽然，就听到"吃吃"甜笑声，我侧头一看，隔座的是昨夜的新娘，脸颊上还涌动着淡淡的红晕，她正用手背掩着嘴，羞涩地看着我笑。

我不知她何故笑我，疑疑地别扭着。她前倾着身子，对我说："整龙眼，要整成串，一串一串中看。摘成粒了，头尖就有小孔眼，容易坏，也不中看。"说完，她还整给我看，经她灵巧地一整，一串累累龙眼，枝上还伸着几片绿叶，鲜味正浓，玲珑剔透，令人赏心悦目。

摘龙眼，一直摘到日落西山。大人们挑着沉沉的龙眼担，回村去了。这时候，龙眼林里是孩子们的天地了。他们像满树的小灵猴，打扫着残粒，才呀呀学步的奶孩，被哥姐弃在树下，赤着下身，趴在草地里，嫩手拨草，抓着漏粒。

队里将大部分龙眼，运到市里。余下的分给大家，一个劳力分得二十斤。有的摊开晒着，准备做龙眼干。有的搁篮子里，吊着，慢慢地吃。有的家劳力多，也分得多，便准备扁担箩筐，明早挑到市上去卖。我把龙眼装进旅行袋，准备托人带回城里，让家人也尝尝鲜龙眼。

房东大伯知道后，就叫我多带些。他从自己那一堆里抓起几串龙眼，塞进我的旅行袋里，说：“塞满了。”

兰兰见状，急忙说：“放在包里闷着，便不鲜了，还会压坏。”说着她取出一个方底圆口的大竹箩，把旅行袋里的龙眼，一串串松松地放进竹箩里，又取出一团纱线，灵快地编了一个网，往篮口一罩，尾线往竹箩上一结，又把两片绿叶，小心地正过叶身，伸出网眼。然后，一提沉沉的竹箩，对我浅浅一笑，说：“好了。”

明晨，队里拖拉机要运龙眼进城，我托开拖拉机的依春，把龙眼带给家人。

夜了，月运在天空中，如昨夜一样圆，一样明，朗朗地照。我又步进龙眼林里，昨夜的龙眼香已消失了，昨夜的兴致，也已荡然无存。然而我，却是越加地舒心了。我看见母亲，正往嘴里剥送着龙眼，我又看见老妹的嘴角，滴下了龙眼的甜汁……

附录

幽默冰凌

蒋子龙

他，性格宽和，热情洋溢，以文会友，交友三千。相貌堂堂，顾盼神飞，头如麦斗，虎背熊腰。冬天也会喊热，其他三个季节里经常是大汗淋漓——就是这样一个人物，名副其实的"姜卫民"！

却偏偏取了个笔名叫："冰凌"。

热喜欢凉，火渴望冰。很不和谐，又很是和谐。天热不才开空调吗？相反相辅，相辅相成——正是这种表面看去的不和谐，构成了冰凌的幽默。

他是个严肃认真的人，从来不故意逗笑。只要一拿起笔，就开始讲笑话。

幽默工厂

一青年工人找了个非常漂亮的女朋友，关系走到了关键的时候，女孩子提出要到他的工厂来看看。这也是一种考察，看看他是不是真有一份牢靠而体面的工作。而小伙子的工厂偏偏经不住看，破旧脏乱，一看准吹。于是小伙子的伙伴冒充上级机关，给自己的工厂领导打了个电话，说某某日市里卫生检查团要来……这还了得，全厂停产大搞卫生。几天后面目大变，焕然一新，姑娘来看过之后点头不已，笑逐颜开……

工业题材曾被作家们视若畏途。生产过程枯燥乏味，机器轰鸣，管道纵横，湮没了人物，给作家布下了一个个陷阱，经常是吃力不讨好。大块头的冰凌，不愧是重量级人物，果然降得住沉重的工业题材，嘻嘻哈哈就把工厂变成了现代喜剧作坊。

一女工被小偷抢走了仿金项链，在后面紧追不舍，最后竟一把从贼脖子上撸下了一条纯金项链……一对找不着对象的大龄男女对骂，越骂越尖刻，越尖刻越能深入人心，骂来骂去两个人竟成就了一桩美好姻缘——这就是生活。

中国曾经历了漫长的成天要大讲"阶级斗争"的年代，培养仇恨，锻炼骂功。然而，日子在骂声中照过不误，男女在骂声中擦出了感情的火花，骂归骂，人们该干什么照旧干什么。所以斗争闹了十几年，人口也增加了十几亿。

幽默的源泉不是欢笑，而是悲哀。

马克·吐温就说过，天堂里没有幽默。幽默在人间，只能发生在被各种矛盾和不协调所纠缠的凡人身上。如，老头闭眼蹬腿，弟兄几个都盯上了那点遗产，却又不能伤了表面和气。大哥故作高姿态，其实提前早做好了手脚。岂知螳螂捕蝉，黄雀在后，他的兄弟又打了他一个伏击……西方的老套子是富家子弟争遗产，东方讲究"家贫出孝子"。冰凌反其意，穷是一种恶，古代闹饥荒可以人食人，穷疯了父子算计，手足绝情，家里反，窝里斗。越穷越斗，越斗越穷。

正是由于穷，中国人有一个很大的爱好——喜欢分东西。

所谓分东西就是白拿白要白捡便宜，不拿白不拿，不要白不要。在中国凡是有单位的人，都懂得单位是要分东西的。单位的效益好坏可从分给员工的东西上看出来。好的分电脑，分精美工艺品，差点的分桶油，分二斤鱼。没东西可分的单位，头头的压力可就大了。有一年过春节，所有上班的人都从单位往家里拿东西，作家协会是"清水衙门"，作家们看别人分东西分得眼红，就让秘书长无论如何也得要意思意思。秘书长问主席怎么办？主席说给每人分两本稿纸，把稿纸上的格子填满字就可以换钱，自己想要什么去买什么。

而冰凌，却借分东西这一现象分出了中国特色，分出了另一番意味。

那个年代，一间大办公室里只有一部电话，通过接电话可以看出所有人的心态。老接电话的是小跑儿，属于办公室里地位最低的，要不就是心里有见不得人的事，在等秘密电话，不能先让别人接着。从来都是等别人给自己传电话，那

182

一定是屋子里级别最高、架子最大、最拿得住尊严的人。好了，这一天办公室里电话铃声响个不断，大家都憋着劲谁也不接。到后来才发现，别的办公室的人都抱着大西瓜，原来那响个不停的电话是通知去分西瓜……妙吧？幽默是客观的，机警的，又是意识危机的一种体现。发现了生活中的可笑之处，自然就掌握了幽默。它培养悟性，锻炼脑筋急转弯。

一个单位买来一批杯子要分给大家，免得用的时候拿混，就统一编了号。这下麻烦了，号有大有小，有单有双，有吉祥号，有不吉利的号……谁该拿好号，谁拿大号？小号和不好的号又给谁？有的主张依职务高低，有的要求按年龄大小，有的提出看姓氏笔画，有的呼吁根据贡献大小……莫衷一是，争执不下，为此还专门举行了"全民公决"：干脆不分。于是，天下太平。

源远流长的平均主义，让人人都学会了斤斤计较。气人有，笑人无，我得不到的东西你也甭想得到。五味俱全，别有深意。

幽默到美国

我也是写工业题材的，有一段时间觉得自己写得累，让别人看得也累。读了冰凌的小说，轻松曼妙，益智养心。于是就想写一点关于冰凌小说的文字。这绝对是个人物。一个作家能让另一个作家感到是人物，不大容易。写人物的碰上了人物，岂能错过？就像一个垂钓者发现一片水塘里有好鱼。

然而，我迟迟动不了笔。原本很有趣的人物，真写起来就非常困难。因为大家都知道他有趣，你要写得更有趣难度可就大了。相反，大家不知道他有趣，你写出他的有趣就相对容易些。最近读了冰凌的自传体小说《中风》，和另外的两部中篇小说《旅美生活》《同屋男女》，忽然有了被震撼的感觉。冰凌的小说世界荡漾开阔，展现出一种更为深邃和复杂的新规模。

但依然保留着他惯有的幽默性，只是幽默的包容性更大了，深度和品位也当刮目相看。过去有这样的说法：俗语近于市，纤语近于娼，戏语近于优。中国有一部《古今笑史》，为明末的文学大家冯梦龙所著。他最初给自己的书命名为《古今谈概》，曾自谦道："子不见鸲鹆（八哥）乎？学语不成，亦足自娱。吾无学无识，且胆销而志冷矣。事何不可深谈？谈其一二无害者，是谓概。"

他的好友梅之韵却为"谈概"做了这样的解释：老子云，谈言微中，可以解纷。然则"谈"何容易！不有学也，不足谈；不有识也，不能谈；不有胆也，不敢谈；不有牢骚郁积于中而无路发撼也，亦不欲谈。夫罗古今于掌上，寄《春秋》于舌端……

后来是李笠翁将此书定名为《古今笑史》。书是一部大书，每篇却都很精短。拉来帝王将相，名士才子，隐逸高人，市井牙侩，演绎了一出出不同的笑剧。有令人捧腹的大笑，有带着诟骂的怒笑，有含着眼泪的笑，有冷彻心肺的笑，有苦不堪言的笑……这应该是中国的第一部"幽默大全"。

直到又过了数百年，才由林语堂首先使用"幽默"这一译名。中国现代文学也开始把幽默作为一种艺术主张加以提倡。冰凌在20世纪90年代之前，写了很多各种各样的幽默故事。套用林语堂的说法，那时冰凌的幽默是"阳性的"——不隐逸晦涩，入世，温厚，心无所垢，酣畅淋漓。随着境界的开阔，在他的小说视野里，人的存在本身就构成了大的幽默。

如《旅美生活》里的老金，原是一个国营企业的车间主任，退休后到美国看儿子，被儿子留下来替他管理一个中餐馆。老金用在中国管理一个国家车间的那套办法，来管理美国的饭店。饭店是开在美国，可饭店里的员工大多是中国人，虽是中国人却又都美国化了，说美国化了还都保留着中国人的许多特点……在他们眼里老金是老土，可这个老土转眼又成了老板——这冲突还能少得了吗？中国式的勾心斗角不服美国水土，一群美国化了的留洋人员遭遇了中国工头的管、卡、压……开洋荤，吃土鳖，治老外，起内讧，你打破脑袋想不到的事情都发生了。要多别扭就有多别扭，要多滑稽就有多滑稽。

美国不是理想乐土，生活中原本就有许多别扭、缺陷、扭曲、矛盾等，这些都构成了冰凌式的幽默。幽默是人对智慧和文明的追求，对生活冷静透彻的理解。人生充满幽默，全在于作家能不能发现。

一个中国男人和一个美国女人住在同一个套间房里（《同屋男女》），你想想会发生什么事情？你想得到的发生了，你想不到的也发生了。东西方伦理道德观念的冲击，不同的民族文化的碰撞，地域环境的差异，丰富了这部小说的特殊幽默意味。

幽默本就是智慧和性格的碰撞，通过人与人之间的沟通、激发和互补，才更能发挥幽默的最大能量。不同的人灵性中的幽默感也很不相同。冰凌写出了这种差异，表现了他情感和智慧的包容性和丰富性。

幽默是人生的一部分，是一种人生态度、处世方法和教养模式。他甚至可以痛痛快快地幽默自己。《中风》就是这样一部作品，也是冰凌创作生涯中至今为止非常重要的一部作品，并带有自传的性质。

他的父亲六十六岁时中风。医生告诉他，中风是遗传病。不错，他的祖父七十岁时先中风后自杀。他呢，一岁时因手脚爱动，乱抓乱蹬，险些被大棉被捂死。五岁时为拣鹅卵石横穿马路，被汽车的前轱辘舔上了屁股……按俗理："大难不死必有后福！"可会看手相的人说他活不过四十岁。他在三十八岁就"中风"了——这一年他放弃了在国内的"儿子、房子、位子、票子还有乐子"，去了美国。他说自己这是"精神中风"！

去是去，有时候知道两条腿在往哪儿走，却对去干了什么并不十分清楚。干归干，干完了可该不明白的还是不明白。"没有文凭，不懂英语，没有任何优势"，又已经是三十八岁"高龄"，到美国干什么？

来美国淘金一般要经历三个"五年计划"：第一个五年站稳脚跟，第二个五年谋求发展，第三个五年融入主流。他顺利实现了第一步，正按部就班地进入第二个"五年计划"，然而他的"精神中风"病不仅没有治好，反而愈加地严重了，要经常拷问自己："我搞不懂为什么来美国？是怎么到美国的？记忆消失了线条，变成糊状，很清楚的事实变成很模糊的问题。"

这正是典型的"中风"病的症状！于是，他要证实自己没有"中风"，就必须强迫自己非得要给出答案："我出来是为了看看外面的世界？那看完之后为什么没有回去？我想改变自己的命运？命运反而改变了我，把我推入生活的底层。我想改变一下生活方式？可是在国内生存似乎更适合我。我是为将来儿子能出国留学开路搭桥？却又显得过于牵强。那么我出来是为了挣美金一圆淘金梦？那为什么又整天忙于中美文学交流，不仅不挣钱，反而心甘情愿往里贴钱？"

人是思索的，这就注定是忧郁的，是悲悯的。此时冰凌的幽默，已经呈现出"阴性"特质——以深邃的诙谐、伤感的玩笑揭示人生的游戏性和相对性，是"沉郁和批判的狂欢"。这样的幽默完全构成了一种精神形式，可用以摆脱窘境，发泄人物被抑制的欲望。

科学家说，人类和动物的最大区别就在于人类会笑。其实，在这个世界上只有人最苦，所以才会笑。苦到底的人就只剩下笑了。有哀伤的人也会老笑。倘若无端发笑，那就成了傻子或疯子。幽默就是让笑呈现出不同的形式和独特的内容。

冰凌的幽默是在响亮的笑声中揭露生活中的乖讹和诡异，同时又以悠然超脱或达观知命的态度待人处世。敞开口大笑总比忧愁好，管他是病不是病！

冰凌倾注了对包括自己在内的人类事物变异的哀怜，并赋予一种内涵复杂的笑。越是具有独特性，就越能强烈地突现。这就是冰凌强大的优势所在。

冰凌传奇

然而，接触真实的冰凌，却是一片阳光灿烂，跟他在一起永远不会沉闷。

他才真叫大肚能容！我就从未见过他有发愁为难的时

候，老是那么精神饱满，声音洪亮，为你操心，大包大揽。

达观、幽默——已经形成他的人生观。能从容地对待他人的弱点和日常生活中的困扰，宽和、自信的幽默感给了他忍受艰辛境域的精神力量。所以，在他这里，闯荡美国的种种艰难经历都变成了一串串奇遇，好像是一种很愉快的运动。

我活了六十多岁，所见过的心宽体胖第一人——就是冰凌！

世界越来越复杂，人心越来越艰深，人际关系越来越微妙，跟冰凌交往却永远都很简单。你不必设防，不必猜测，不必拘谨，甚至可以什么都不操心，一切听他安排，跟着他只管在需要你讲话的时候讲好自己应该讲的话就行了。冲淡，舒适，泡在友情的愉快与安逸气氛之中，享受一种精神上的快感。

我相信，在文人圈里他是无所不能的，只要他那个大脑袋想起来要干的事，就一定能干成。而且你绝对听不到现代人最时兴的讨巧卖乖，叫苦喊累，抱怨连天。许多令我犯憷、让我感到很难办的事情，在他那里全是小菜一碟，如：在美国成立中国作家之家，成立全美中国作家联谊会，主办强磊出版社，在纽约组织新闻发布会，操办大型的名人聚会，一次次接待各式各样的中国作家访美团……在国内举办或参加各种活动就更不在话下了，老在制造不变中的变，必须活得跌宕生姿，起伏有致。

2002 年秋季的某一天，天津的报纸在通常是登载国家领导人标准像的地方，这一天刊出了冰凌的大照片，气势整肃，仪表堂堂。人家都把他当成大人物。可他转身一扎进朋友堆，仍是无拘无束，海阔天空，神清气爽。

这般举重若轻，大开大合，大巧似拙，你说是简单，还是复杂？幽默的最高境界就是简朴自然。冰凌的魅力就在于简朴自然，他的强大也在于简朴自然。以没心没肺般的随意就简化了复杂，变难为易。这样的火候恐怕不是拿捏出来的，而是天性使然。他不管你多复杂，多难斗，到他这儿全一律简化。"以无招胜有招"。

现代医学解释这种现象说，友善能释放类似内啡呔的情感激素，对心脏有好处。心存善意，收获的善意就多，朋友遍天下会培养良好的感觉。而感觉良好的化学成分进入意识，就刺激副交感神经，组成强健有力的神经系统，增强人的亲和力与自信心。

冰凌豪气干云，逸兴壮思，标新立异，不拘一格，敢想敢做，视险如夷。看似大大咧咧，风风火火，高腔大嗓，大哄大嗡，实则心思缜密，考虑精确，顾后瞻前，滴水不漏。认识他许多年来，每年他都要组织各种规模的文学活动，竟没有捅过一次娄子。有些明明是非常烦人的事，却很难烦得了他，他在事中，却又超然。该吃的吃，该睡的睡，哈哈一笑，感染一片。

明明是受大累，却很难让他带出受累的样儿，倒是越忙越精神，越累越长肉。2002年年底，一场大雪将冰凌困在纽约国际机场达30个小时，以他的气质和体魄，很自然地被推举为乘客代表。既然需要选代表了，那就是要出事了！年关被困在候机厅里，大雪不停就看不到希望，乘客们和航空公司都顶着一脑门官司，个个都快要疯了。再加上人多人杂，就成了阵势，闹起来就是事件。在纽约那样一个国际大城市里闹起来，就是国际事件。

当时的国际政治气候又非常敏感，冰凌以自己的性格魅力和斡旋能力竟化解了一场乘客和中国航空公司的冲突。然后登机连续在空中飞行了16个小时，到北京又赶紧转机飞到福州，等赶到会场，已经是中午12点多了。会议不能闭幕就是在等他，大家都穿着防寒服、毛衣，他却穿着短袖体恤，容光焕发，全无一点长途劳顿的倦意。一张嘴，震得四壁嗡嗡山响……

就这样，他每年从纽约到北京，从中国到美国，对许多人来说坐16个小时的飞机是很难熬的事情，可对他来说就跟闹着玩儿似的，仿佛只相当于1小时6分钟。这是他精神的一面，他还有另外的一面。1998年我在美国坐过几回他的车，真是服了。他能一边开车一边睡觉，闭一会眼，睁一会眼，但不迷路，也没有出现过惊险场面。

这却一直是我的一块心病，一个挺好的人，热情坦诚，急公好义，天天在高速公路上玩儿悬，这受得了嘛！如果我不知道也好，眼不见心不乱。既亲眼得见，就不能不劝，每次通信必首先强调，开着车不得睡觉。但我知道，若叫他老睁着眼开车，恐怕也不比登天容易。可是这么多年过来了，他从未出过事，人越活越好，车越换越好。

　　那年我见他为中美作家交流的事贴人、贴车、贴钱，回国后就想联络一些企业界的朋友，为他搞一个基金。鉴于我缺少智慧，想不出一个好办法解决跨国基金的诸多手续问题，这个设想迟迟不能兑现。而冰凌自己在美国却越干越大，被聘任出版社的总编辑，编刊物，出书籍，渐成气候。

　　他的生命轨迹就像他的体魄一样，波澜壮阔，惊心动魄。却每每有惊无险，或化险为夷，遇难呈祥。这让人不能不承认，他是文坛福将。这也成全了他的幽默，他在人前从不逞口舌之快，不刻意幽默，偶有诙谐也是温厚、宽和的。他的幽默是他的行为动作，他为人处世的风格，幽默在他的骨子里，并不在他的舌尖上。他标准的表情却是一本正经，可别人看到他觉得整个人都很幽默。

　　这得益于他的舒展和随意。他的性格，他的思想，就像他的体魄，舒展而随意地生长。舒展产生幽默，幽默便产生于自由。他块头大，需要大的空间。所以他要出去，从东方到西方，从美国到中国，随意折腾。生命需要阳光，自由是灵魂的呼吸，能营养幽默。

冰凌是个有传奇性的作家。传奇性成全了他的幽默，幽默也成全了他的传奇味道。